梦笔生花

曲歌 著

时代文艺出版社

图书在版编目（CIP）数据

梦笔生花 / 曲歌著 . —长春：时代文艺出版社，2019.11（2021.5重印）

ISBN 978-7-5387-6145-0

Ⅰ. ①梦… Ⅱ. ①曲… Ⅲ. ①散文集－中国－当代 Ⅳ. ①I267

中国版本图书馆CIP数据核字（2019）第168062号

出 品 人　陈　琛
责任编辑　刘瑀婷
助理编辑　史　航
装帧设计　陈　阳
排版制作　隋淑凤

梦笔生花

曲歌　著

出版发行 / 时代文艺出版社
地址 / 长春市福祉大路5788号　龙腾国际大厦A座15层　邮编 / 130118
总编办 / 0431-81629751　发行部 / 0431-81629755
官方微博 / weibo.com / tlapress　天猫旗舰店 / sdwycbsgf.tmall.com
印刷 / 保定市铭泰达印刷有限公司
开本 / 710mm×1000mm　1 / 16　字数 / 180千字　印张 / 17.5
版次 / 2019年11月第1版　印次 / 2021年5月第3次印刷　定价 / 59.80元

图书如有印装错误　请寄回印厂调换

目　录

白云生处

沉思星语

序言：心田绽放出绚丽花朵

张　陵

一

作者曲歌早在初中阶段开始诗歌创作，曾在国家级刊物、网络媒体上发表了大量诗歌作品，并出版了两部个人诗集。曲歌从很小就展露出文学才华，现已成长为一名广受关注的 95 后诗人。后来，当她作为一名中国留学生，到美国一座美丽的小镇住下来，新生活激发了她新的诗情。这个时候的曲歌，除了写诗之外，还写了更多的散文，在不长的时间里，她就写出几十篇散文作品，可谓高产。这些散文篇章很快就汇编成她的第一本散文集《梦笔生花》。

曲歌在散文中以她那单纯稚嫩的心灵感受着新生活，感受着眼前的美景，感受着不同地域的风情。她开始把诗歌的抒情转化为散文的意境，尝试以散文的艺术形式抒写田野、森林、小路、河流、草原、鲜花，赞美蓝天、白云、星空、月光、晚霞、夕阳，吟诵秋林冬雪、雨中街道、黄昏小镇、清新和暖的风。在她眼前纯净的世界里，是自然，是故乡，是她梦中找到的心乡，一切都那样真实美好，那样梦幻，那样充满诗情画意。她的心，就像一片洁净的田野，绽放出无数生动绚丽的花朵。

很喜欢《天涯有芳草》，这篇散文记述了曲歌十八岁到遥远的美国留学，在美丽小镇第一天安顿下来时的心态。第一次出远门，与她同龄的女生通常会感到陌生、恐慌，会有不安全感，甚至也许会偷偷抹眼泪，但是她却无比快活。"我选对了一座城"，"是一个终于寻觅到的心乡"，带着这样的心态，她细腻地描写着小镇的风光。"空荡荡的绿野像草原般辽阔，惬意不必刻意寻找，它就在路旁的每个被绿荫笼罩的小店里。我终于等到傍晚，残阳落霞绕在全城的天空一周，一抬头就映入眼帘，向前走，走进一场时光静止的梦。"这些很女孩的感性描写，写出了风景之美，烘托出梦幻一般的氛围，也写出了作者对小镇的与别人不一样的感受。《独在异乡》《一个月》等持续了这种感受，把笔触伸向小镇和大学城周边，以及生活的方方面面，让自己的体会和感知更加漫延开去，并细细品味。

很喜欢《最美栈桥步道》，这是一篇精美的游记。"桥下滚滚秋涛润寂声，仿佛世间只剩下红树林和万里碧空。早晨太阳升起时，这里美得悄无声息。""沿着长桥慢慢前行，感觉茫茫心海间有一条让自己驻足沉浸的路。远望湖水并不浩荡，缓缓摇漾着这里独有的宁静，向着未知的城镇蜿蜒流去。"这些干净简洁的文字构成的散文意象，画面感精致、清晰，令人着迷。能够将景物描写得具有如此诱惑力，作者的文学功底可见一斑。

很喜欢《埃姆斯的雪》，作者是中国北方长大的孩子，对下雪本来不陌生。但身在遥远异乡的一场雪，却让她找到了前所未有的感觉。"埃姆斯的雪却铺天盖地，终于从我的梦中飞舞出来，鹅毛般的雪花飘落在眼前，我伸手接住这份晶莹圣洁，抓住久违的童年。""一位蹒跚踱步的老人从我身旁经过，雪白与他的鬓角融为一色，他衣襟上还沾着零碎的雪花，他脸上的慈祥中藏着一抹笑靥。"这些文字描述看似静态，其实字里行间流淌着一种情绪，让我们能够捕捉到一个快乐女孩内心的情感信息，那就是乡愁。在她后来的散文里，也出现不少有关乡愁的字句，似乎都比不过这里写得这样动人。这里她虽然没写乡愁，只写一场雪与一位雪中老人，两幅图景摆在一起相得益彰，拉出绵绵思乡之情。可能连作者自己都没有意识到，一种惆怅感就在不经意间流淌出来。

很喜欢《心中留一片土地》，回到父辈的故乡大安，产生了一种"不舍"的情怀。"不舍，是走时想再看看家乡的云。不一定要细细梳理什么，只是再看看远天与草原。"这番情感，是作者走过世界很多地方后，回到故乡时自然流露出来的。我们会发现，她对那片土地的感情多了许多意味，那许多意味便是深沉。

也很喜欢《玉渊潭的歌声》这样的作品。一个还没有太多人生阅历的女孩，能够从老人的那些歌声中读出那么多内容，实为不易。这篇文章也许不能算最成熟的佳作，但呈现出了作者写作上的重要转变，值得引起我们的注意。她开始把目光从对情对景的专注转向对人的关注，她开始以新的、更广阔的视角，尝试体会他人以及他人的情感来聚焦自我的目光，饱含了更多的宽容、理解和真诚的爱。

二

曲歌写散文，底气非常足，字里行间透着一股自信。比如，她虽然走的地方还不算多，阅历还不算丰富，可以说，她的人生才刚刚开始，就从旅行者的视角看世界，信心十足地展现她的所见所闻。开始还觉得她给自己的"旅人"定位有些稚嫩，不那么准确，可是继续读下去就会发现，这一定位不仅体现出作者写作的个性，而且带有一代人的共性。她自信的深层结构里，有着时代文化精神的强力支撑。如果把《梦笔生花》纳入当代留学生的文学写作中来读，就会更清晰地看到，曲歌的这些散文作品与我们日益变化着的时代的、民族的精气神相关联。

自改革开放以来，当代留学生文学创作十分活跃，现已蔚为大观。我们多年以前读到的留学生作品，大都是描写他们在华人餐馆里打工的内容，堆积如山洗不完的盘子，干不完的脏活儿累活儿。他们每天疲于奔命累得像狗一样，挣到点钱就赶紧去交学费。那个时代的留学生文学，虽然吃苦耐劳的励志主题非常突出，却令人感到生活在别人家土地上，总是矮人一截，底气不足，不够硬气。那时候留学生题材的文学作品，真实反映出当时他们在海外的生活和精神状况。

但是后来，艰苦奋斗主题内容的留学生作品逐渐减少、消然退场了。我们从现在留学生写出的作品中看到，这一群体走在世界任何地方，都像走在自己国家，走在自己故乡街道上一样扬眉吐气，他们好像去世界任何地方都少有陌生感，惧怕感，失落感。有些作品写得很好，另有一些过于商业化，但是都在不同程度上真实反映了几十年来海外中国留学生生活的变化，进而在不同程度上折射出中国改革开放的时代风貌。经过几十年的奋斗，我们国家的经济高速发展，创造了大量社会财富。国家的富足强大，改变了国人的物质和精神生活。现在的孩子们走向世界总有那么一种自豪，面对世界总有那么一种自信，内心总有一种前所未有的强大。

四十年改革开放的丰硕成果，支持着新一代留学生的学业、生活，时代的精气神，充实着中国留学生的信念。在这样的大背景下，留学生题材的文学作品，从骨子里滋养出骄傲、从容的特质。尽管还有留学生刷盘子，还有人打工干活儿挣零用钱，但是在他们自己的作品中，不再有刻意的描写，不再以生存和苦难作为文学写作的唯一主题。

如果能在这样的文化背景下读曲歌的散文，就能理解她的底气和自信。她的作品里，没有体现在异国他乡过日子的困顿，没有被他人歧视的忧虑，没有文化差异带来的烦恼不安，也没有小心谨慎的陌生感、不安全感，而只有主人公般的从容淡定。前辈留学生每天要面对的那些生存压力，在《梦笔生花》整部作品里不见踪影，这里只有"诗和远方"、友善的环境、旅行的快乐记忆。这一切，都可以看作是我们时代的造化，时代给予了作者思想上的充实和自信。与生俱来的文学天赋自然而然将作者的"自信"内化为她的文学气场，因而她的自信并非简单以"旅人"自居。其文学表现力，充分体现在她运用文字描写的功力，体现在她如诗一般的词句关联和韵律之中，可谓底蕴浑厚。

读《湖光山色》中的一段文字，能真切感受到作者内心的从容与自信在句子中自然流淌荡漾："车行驶得再快，也追逐不上轮回的日暮。终于天边溢出了彩霞，有些短暂，我却凝望了它今天的整场生命。紧接着是夜幕的降临，几颗零散的星星早已等不及地挂上夜空，为旅人送来了微弱的光明和最大的慰藉。或许只有在这辽远陌生的路途上，我才会早早地想起寻觅那轮见过故乡和异乡，见过所有远山近水的月亮。它依旧执着，仿佛永远追赶着我们的步伐，住在我们头顶的那片夜空上。"整段文字干净洗练，没有拖泥带水，充分反映出作者描写、刻画场景的自信，能清晰看出作者对文字表达的把握、控制力。在整部作品里，这样的表述随处可见，随时可以捕捉到。可以说，自信构成了曲歌散文的思想内涵的基调。

三

经济高速发展，生活急剧变化，各种思潮相互激荡，形成了复杂的思想观念冲击波，肢解着我们传统的世界观、价值观、人生观，让我们的精神经受着前所未有的考验，这也是我们时代文化的鲜明特征。时代给了我们精神的底气，给了我们自信，也给了我们许多严峻的挑战。今天的文学，杂质很多，垃圾很多，都与这个时代的快速节奏有关。然而，我们读曲歌的诗歌和散文，却能看到明净的天空，澄澈的河水，宁静的草原。

　　理解《梦笔生花》这部作品清纯的特质并不难。现实是开放的，但从曲歌散文里却能读出，她的生活却是封闭的。一个大都市的中学生，大部分的时间都是从家到学校，然后从学校再回到家里，很少与外界有复杂的接触。幸福的家庭保证了她有一个安静的心理状态和沉思的空间，她的文学梦就是从这样的状态和空间里开始的。当然，她时常也会有孤独感，有时心里也寂寞苦闷，但她都能成功顺畅地转化为字里行间那淡淡的愁绪和诗情，如《寂寞精灵》《孤独家园》。曲歌就是带着这样的心态走向一个远方陌生的世界，其实对她来说，这种变化并没有打破她的心理状态，并没有扰乱她沉思的空间，一切好像自然延续下去。所以在她的散文里，不仅没有陌生感，反而觉得正是找到了自己的"心乡"。就算她去旅行了，就算她以"旅人"自居，走的地方多了，视野开阔了，她的状态和空间还是完好如初。可以说，平静而封闭的生活环境，让她有一颗不受现实浊染的心，使她感受生活、感知世界的方式都在不知不觉中带着这样的心。看上去稚嫩，却让我们读到如此纯真优美的散文。

　　这位"旅人"眼中看到的，是美丽的田野，平缓的河流，鲜花的草场，望不到尽头的小路，天上流动的云，静默的星空，甚至连扬起尘土的风都是轻柔的。在她的世界里，没有风暴、灾难，也没有痛苦，没有矛盾、竞争，也没有丑恶，没有杂质，也没有世态炎凉，更没有明争暗斗和世俗社会各种复杂的人际关系。在《赌城之夜》里，她看到前面"走着一位有一条腿是假肢的女孩"，注意力全在这个女孩像所有人一样微笑上。她听到的是那些美妙的声音，全然不知"赌城"深处那些纷繁杂乱的，甚至带有罪恶的社会生态。在《威海日记》里，写到刘公岛，她当然知道"这里埋藏着深邃苍凉的历史印记"，有讲不完的故事，然而那些历史的记忆只在她年轻的心头轻轻滑过，却没有像她写风景那样的感觉。

曲歌就是在这样有限的思索空间里，以她那颗纯净之心和积极进取、乐观向上的态度，写下了与众不同的、具有感染力的文字，展现出她散文作品的魅力。

四

仔细品读《梦笔生花》能发现，其实曲歌散文中有很强的"自我"意识，有自己的散文个性，这反映在她独特的审美观，她对美有自己的认知，对诗意有自己的追求。她在《天涯有芳草》中，初次面对异国他乡时写道"所有诗中的意象在这里都被赋予了生命，活灵活现地缠绕在我的身边。"这句话像文学宣言一样，显露出她独特的文学视角和审美境界。其实，写诗写散文的女孩子并不少，但像曲歌这样萌芽出美学意识的作者并不多。内心有自信，有灵性，才有自我。

曲歌散文可以看作是她诗歌的延续，是诗歌意境的散文化重现。她在散文写作中，显然有意识地从她对风物的感受里，找到诗的意境，找到诗。她在《结束在一首诗的日子》这篇散文里写道，"诗，让我在孤独中为自己营造了另一个丰富的世界。我在小酌醉意间与自己对酒作诗，把今天的过往、每颗星星、每只小松鼠都记在诗里，然后说，这又是心满意足的一天。"在《北方、北方》里，她进而写道："我需要一片不被高楼大厦障目，不被车水马龙拥堵的荒野，用我的诗心浇灌，用我过往的步伐渲染，至少它能在我心田里开出一片繁芜辉煌。"她在整部散文集里，都不断明确地表达着这种想法，寻觅着诗情。在她看来，将每一天都结束在诗中是最美的，是她自然个性的需要。在家里孤独沉思的时候，是这样，在异乡的生活里，也是这样。而把每天见到的、感受到的都幻化成诗，是生活之美。她写大学小镇的风景是这样想的，走上旅行之路也是这样想的。正如《旅人诗心》中写的那样："做一位吟诗的旅人，带着诗心去旅行"。她甚至认为，只有从那些能够触动心灵的美丽风物中才能找到诗情，找到散文的意境。这样的理念，一直占据着她的思想，支持着她的目光和感受，支持着她的"诗心"。曲歌的"诗心"带着年轻生命的律动，带着女孩子的天真烂漫，带着一个文学才女的敏感知性。应该说，她所有散文都是"诗心"的表达，都弥漫着她的"诗心"。

了解了作者的"诗心"观，知道她如何用诗来结束每一天，再来读《梦笔生花》这部作品，就能体悟到书中诗情画意的主题里，细腻动人的语言关系间，透视着奔放的热情，健康的心态，阳光的情怀和积极向上理念。读这样无尘无染的纯净作品，我们的心灵也能得到陶冶洗礼。

五

准确地说，《梦笔生花》还只是曲歌文学起步阶段的准备和坚实的基础，表达了她的文学梦想。作为一个文学"旅人"，她注定成为一个文学的"漂泊者"，她的文学之路才能真正走下去。所谓"漂泊"，意味着心灵的流浪。

今后当曲歌走出校门，走向社会，经历了旅途的风险，也经过生活的历练后，她将不断开阔视野，不断丰富自己的感受。当今后的新生活打破她原有宁静的状态和空间，现实中充满了真假、善恶、美丑的矛盾冲突，人与人的关系也变得纷繁复杂、不可捉摸。曲歌那颗纯净的"诗心"不可避免蒙上现实的尘埃，她的世界里将不再只有诗和散文，也不再只有田园风光。当她懂得从容淡定面对人间烟火的时候，就会明白，文学需要直面人生，需要有更广阔的视角，需要身心的体验和思想的深层感悟。

今后曲歌的文学创作必将经历走向成熟之路，那就是，不仅从自己的心里找到文学，也能从别人的心里找到文学。她将逐渐把视角从自己身上转向他人身上，看到普罗大众的人们怎样生活，有什么样的情感，他们是否痛苦，是否快乐，他们之间的爱与爱的方式和内涵。她还将发现，自己也与其他人感同身受，她的快乐和悲伤与所有人一样，是普通人情感思想的一部分。进而她会从别人的情感中看到自己影子，找到、看到自己的那一面。那个时候，曲歌的作品就会更加关注别人的生活，写他人的故事，写他人的爱恨情仇，在他人的命运冲突中找到生活的精神力量，也找到她自己诗和散文的源泉。

今后曲歌会对生活有自己独特的新发现。一个作家，最重要、最根本的能力，首先不是写什么，而是发现了什么。不是从自己身上发现什么，而是从自己以外的生活中发现，找到别人看不见、找不到的东西，那是属于自己独有的收获，是文学创作的源泉。那个时候，作家的自我，不再像过去那样封闭，而是开放、包容、充实的，因此更具有文学的品质。那个时候，曲歌的文字中将融进自己丰富的阅历，成熟的感悟，或许会带有命运的沧桑，也会有更加深沉的诗意。

曲歌很快能体会到，写散文与写诗不一样。散文看上去是诗意的延伸和持续，其实有自己的表现方式。诗歌表现的是诗人的情感，诗歌用意象来完成抒情关系，形成诗人情感表达的内在逻辑，所以语言的跳跃感、节奏感很强。而散文是作家对生活及其细节的感悟，用描写来组合文字的内在逻辑，在叙事过程中实现诗意。从写诗到写散文的过程，实际上是从抒情到写情的转化过程。二者内在关联相通，却有着各自独特的规律。

本人观念虽然老派陈旧，却也很喜欢读青年作家的作品。做文学编辑几十年，读的量很大。看着青年作家一批又一批走向文坛，多少明白了一个道理，那就是，年轻人的作品虽然稚嫩，有缺点，但不可轻视。任何文学大家都是从文学青年走过来的，必定要经历成长、成熟的道路。曲歌的散文起点高，路子正，势头好，相信她坚持下去，小苗终会长成一棵文学大树。

2019 年 1 月 15 日

（张陵，著名批评家，作家出版社原总编辑）

白云生处

宽阔的田园与天相连，旁边还蜿蜒着无人的小路。夕阳挂在天边，小楼恋晚霞，寥寥暮紫烟，紫色、蓝色肆意地缠绕在远空中，渲染了半座城的愁绪。

天涯有芳草

原以为成为异乡游子会孤单，会无比思念故乡，到达后才知道，或许我选择对了一座城，在我心中它不代表着美国，而是一个终于寻觅到的心乡。所有诗中的意象在这里都被赋予了生命，活灵活现地缠绕在我身边。

在我抵达的第二天，推开门的刹那，眼前陌生的一切却不陌生，却似曾相识。透彻的蓝天，触手可及的白云，都曾无数次徜徉在我的梦中，徘徊在我靠窗沉默的幻想里。与北京截然不同的一座座欧式尖顶小房让我想起许多童话故事，鸟鸣声不再依稀，而是覆盖了整条街道、整个清晨。沿着整洁的街道向外走，是空无一人的长路通往一尘不染的云端。这样的长路真舍不得走到尽头，我想把远方的答案留给天涯，把神秘留作最后一句还未完成的诗。空荡荡的绿野像草原般辽阔，惬意不必刻意寻找，它就在路旁的每个被绿荫笼罩的小店里。我终于等来了傍晚，残阳落霞绕在全城的天空一周，一抬头就映入眼帘，向前走，走进一场时光静止的梦。顺着蜿蜒的路走出去，葱郁的草丛里溢出阵阵扑鼻的清香，天边的夕阳西下，一览无余，用相机随意拍下都是一幅幅惆怅的、恍如仙境般的画面。信手拈来的诗意对于我这个大城市居民原本是那样奢侈，但是今天身处眼前真实的良辰美景中，稀少的人迹为我铺出一番宁静，游子的心乡、诗乡与这里的孤单欣然相遇。

我终于在远方找到了那首我总吟诵的诗："听远村寺塔的钟声，像梦里的轻涛吐复收……"我曾念着它走遍繁城却无处安放，却在这里大学城的一潭清湖中找到了与它相配的音调。湖面上两只白鹅优哉地游荡着，划破倒影中平静的天空，连同苍郁的绿叶也一起颤动起来。湖畔时不时窜动着几只把脚下路面当作领地的松鼠，在日光下悠闲享受着美食。一湖、两物、两景，最佳诠释了我向往已久的自由。不远处的古钟声在沉默的小城里也显得昏沉寂寞，坐在小土路旁绿荫下的长椅上，我不等候也不追忆什么，这一刻的生命无比清晰，仿佛融进了草丛里作响许久的虫声。在这样的安逸里，再加上一阵早来的秋风，杂念早已随着七月的逝去灰飞烟灭。

在这座小城里，陌生人之间也会互相问候，一脸灿烂的微笑，生活在这样舒适惬意的地方，人心也变得纯净。在这里没有争斗纷扰，也不愿去想世俗里的是是非非，仰首游云近在双眸，此刻只剩下生命的美好。雨后的清风吹开云烟，消散了整个城的忧愁，只剩下如梦般的闲适。尘世外的小城犹如诗人的心田，屏蔽了所有的烦扰喧嚣，这些天我不再急于看手机上网，而是尽情享受这个难得的世外桃源。这里是曾经的远方，却仿佛我带着诗意刚刚归乡，这里会有乡愁，却也是另一座心乡。我终于真切感受到，生命中的财富并非有形，而是有幸在心所向往的地方吟诗作画，一路一水，一草一木，跟着善意的内心走，才能走出一条最美的路。

走进中餐馆，熟悉的饭香让我忍不住眺望回家的路，耳畔的乡音呢喃着归乡的歌，永远扎根在心底。我把往事和故乡的魂带到了这里，一边看着新的夜色缓缓落幕，一边听着老歌守住故乡心魂。有机会我一定会告知老朋友，曾经的我，身在这遥远的异国，这里有漂泊的脚步落在雪色沉寂的暮冬，这里有心筑起家的倒影，摇漾在注视清潭的思绪中。

晚上八点还亮着的天空下，微凉的风和我一样在期盼秋天。在这里我开始一段留学的日子，也开始了长大的生活。潭水波动在心安处，所有春花秋月都充满着期待。你若问我身在何方，我远在尘世外的一座大学小城，写着故事和青春。你问我是否思乡，天涯有芳草，其实我的诗心刚刚归乡。

2016 年 8 月 8 日

独在异乡

　　一个人的日子像淡雅的初雪，到了冬时就如约地飘然而至，就像我离开家那天一样平静，笑着向未来的命运问好。一个人独在异乡，像是在毫无征兆的细雨中撑伞漫步，在晴朗与乌云交织的天空下抵达自己选择的目的地。一个人如孤星般寂寥，长路我独行更有不被风尘侵染的自由。

　　从寝室的窗子向外眺望，烟雨斜阳中我迎来前所未有的生活。初秋的傍晚并不寒冷，凉意里带着一丝迷茫，我深深沉醉于独在异乡的时光中，长路终点总有云海与彩霞的小城是我寻觅了很久的少年梦。一张单程国际机票，预定了好几年孤身漂泊的日子。我听从心声下楼走走，街灯下的人影在嬉戏打闹，偶尔我羡慕他们能在自己的故乡度过青春，我自己又是多么享受孤身游荡异乡的感觉。

　　当耳畔回荡的是洋文，而心中还呢喃着乡音时，家是那么遥远。当想到要望穿多少残阳秋水才能望到家时，不禁潸然泪下，这里和家的距离，早已不只二十个小时的旅程。这些天，我整日整日地说着英文，陌生的语言阻隔在旧日与今朝之间。长途车上一觉醒来，蒙眬的双眸仿佛刚刚发觉身边全是异国的面孔，往日的一切真的远了。曾经向往的远方已然成为眼前的真实，独在异乡最好的慰藉，还是诗歌。

我刚刚在这里度过了半季，听说这里的暮冬必有大雪纷飞，需要静候到不久的十一、十二月，要等时光流淌到冬季。好奇心驱使我在脑海中开始幻想，当我独自一人走上踏雪寻星的路，与故乡相似的寒意将会唤起多少往冬旧事？我就这样幻想着、生活着，把心的一半留给故乡事，另一半分给期待，轻轻过往着流年中的悲欢离合，恬然度过伴着季节的喜怒哀乐。这日子，别有一番滋味。

每日清晨，我会发觉我与风声独处，我与尘封的梦独处，我与心境里的一潭秋水独处。独在异乡的日子是静默的，步履从不会被阻挡。我把我最爱的歌、最爱的诗带到这沉静的地方独享，它们像照亮昨日的我一样，继续照亮我现在一个人的路。它们会陪伴我遇见人生百态，和我一起在瑞雪霏霏的夜里笑着、微醺着。独在异乡的日子即便有坎坷，也不见倥偬，心声始终为我指引方向。

这街巷间少有人迹的城，路旁伫立着独栋的尖顶小楼，在葱郁的草木间，在澄澈的蓝天下，安宁地过往着所有朝暮。独在异乡的我多么依恋于这些惬意小景，我可以随意驻足，驻足到日落时分。我一个人走着，不经意间走进了大片绿野间的长径，等天色已暗再回到灯火通明的人行道上。这村庄和繁城交错的地方，还有一个人的寂寞，承载了我所有曾经的向往。沿着经历和岁月在我心房烙下的足印走吧，把脚下的光阴在良辰美景的环绕中独自走完。

2016 年 8 月 22 日

一　个　月

独自离家整整一个月，不能用脚步抵达的地方都算是远方吧？看着好友发的家门口的公园，高中学校的图片，曾经步行可以抵达的地方，那些都是梦开始的地方，我现在却远在大洋彼岸。暮色时分，我总坐在一角的小坡上面对夕阳西下，幻想着从这里出发要经过多么遥远的路途才能回到家呢？远，真的很远，就把这疑问留给被斜阳染红的小山坡，和一切喧嚣都沉静下来的夜晚吧。

曾经梦想离开故地，去往一个无人问津的陌巷，原来，海的那边是这样一个世界；原来，有一群人在这样的小城里过着自己的日子。一个月，走遍大学小城，见识了另类繁华，繁华的不是这里宁谧的街头，而是别样的人与事，它们浸染着我的思绪，化作一粒粒种子在我的心田里开出一片繁花似锦。一间宿舍，一位室友，几条常走的小路成了我的伴侣。白天在黄头发的人们中间努力听着，聊着，读着洋文，晚上临睡前拾起难以割舍的母语写作。我细细斟酌诗文中的每个字，饱含情怀的中国语言，此时变得更加荡气回肠。

离家越远，家乡情结愈是浓烈。走进中餐馆，米饭热汤的香气缭绕在游子的心头。一双筷子，一碟小菜，我多希望此刻夜幕降临，便可坐在屋外的木桌旁，倒一杯酒，小酌一番，就像古人那样"举头望明月，低头思故乡"。记得语文老师讲过，对月思乡是中国人独有的情怀。有时我独自坐在学校餐厅靠窗的位置吃晚饭，稍稍一抬头，心中便涌上那句"夕阳无限好，只是近黄昏。"多数中国人都能琅琅上口的这些诗句，对于游子来说是那么亲切。我想，老祖宗留给我们的不仅是美丽的诗词和博大精深的文化，更多的是对世间、对离别和对人生的情怀。

这里的星辰并不成片，一颗一颗地散落在空中，像每位寂寞的人孤傲地在自己的路上涌现光芒，像一个一个故事点缀整个人生。这里的星星也不耀眼，要定睛细看才能从夜空深处慢慢泛入眼眸。那夜，我看到一颗会漂移行走的星星，与其他星辰擦肩划过，不曾驻留片刻，或许它是一架客机吧？远行的客机，归乡的客机，曾属于我的、遥遥无期的客机。它要穿梭多少颗星星才能抵达目的地呢？

一个月了，这里的生活好像一场梦，梦如仙境般美妙，有波光粼粼的小天鹅湖，有深沉寂寞的古老钟声，有洋文谱写的欢歌笑语，有新鲜自由的大学生活。我在这远方驻留了许久，等秋色连波，等寒江飘雪落在心坎上。每到周末都回家的室友留给我两天独占空间的生活，写作业、吃饭、听歌、读书，当一人独处时，夜半星光也成诗，晨雨初霁的一刻也成文。

这一个月，告别了从前的光阴，故人散了，老友都各奔东西。曾经的少年华丽转身，挂上了大学的学生卡。看着朋友圈里各自的去处，五湖四海天南地北，不禁感叹，旧地秋日留几人呢？托福于万能的朋友圈，有了它才知道"海内存知己，天涯若比邻"。傍晚不再有从前的炊烟飘香，我脚下的长路也不再是通往家的那一条，大学小城夜幕降临的傍晚，新岁月，原来已经开始一个月了。

2016 年 9 月 5 日

结束在一首诗的日子

无论一天如何开始，我必将让它结束在一首诗里。清晨我匆匆赶路上学，无暇欣赏远空的彩云已经美透半边天。晌午，我在低沉的钟声里寻觅一处小景，有时是少有人驻留的湖畔，有时是咖啡味香浓的图书馆一角。傍晚，我一定要在暮天染夕阳的时分出门散步，诗意便随着思绪徘徊，忽远忽近。等天色已晚，紧闭着的门窗外寂静无声，我合上英文书本，闭目五分钟后开始迎接着一首诗。有时它像初融的春水从心头潺潺流淌，形成一曲完整的乐章；有时完成它像品一杯酒一样，需要斟酌、思忖，思绪要飞越万水千山，穿越星空，游遍故乡和异乡。我在睡意中合上双眼，脑海中还呢喃着诗句，一天也随着诗歌在最后一程落幕了。

这样结束在一首诗的日子，其实已经持续了两年之多，从故乡过到异乡，从少年过到成年。我说不出它的具体滋味，也说不出每夜都写诗的原因。这两年的生活有苦涩，也有迷惘、孤独、难过。但只要一阵轻风，一滴月露为我送来一丝诗意，我转身就仿佛看到走在堆满梧桐叶长径中央的自己，过着不被外界风尘渲染、雕琢的日子。不知何时，我的梦变了，儿时想做一个万众瞩目的能人，结交一群志向远大的好友，经历一番狂热的人生。后来我却癫狂发奋地做起了文学梦，想在写作中慢慢品味尘世人间，沉思于风霜暮雪的故事。一路积淀后小小地成就了自己一把，个人诗集的出版、登上《诗刊》以及各种网络媒体的诗，不知不觉中我发现自己被身边很多人关注了。或许想用脚踏实地去逐梦，必须等到心境也彻底沉淀下来，一步一步紧随着心灵走吧。诗意的外衣包裹着我，也把我浮沉的心留在静默中。

很多人问我，为何我看似好交往，却总是孤身独处，很少像其他人那样，大部分时间都与好友携手并肩走过呢？其实我很依赖朋友，享受与知己的莫逆之交，两人无须言语，因一阵风刮来而相视一笑的默契总能给我带来快感。知己在千里之外也心有灵犀深深理解，为何此刻我在夜晚望着星星潸然泪下。因为时差的阻隔，我和知己每天只能联系那么几句，各自拍下身边的风景，配上几句孤独时写下的短诗，发给对方。看着异地的诗和图景，道着相似的感慨和无奈，以同样的空灵吸吮着诗情画意。想想我们曾经都在京城、在母校的日子，那是怎样美好的青葱岁月。而现在被距离和时间分开的好友，需要多久的等待，才能再叙友情？愿友谊地久天长。

人体躯壳是孤零零无生命的，它会随时间慢慢退化消逝，只有内心世界，在尘世、在时光中与人如影相随。有心在摇曳的梧桐叶下驻足的人，还怕尝到孤独的滋味么？踏上山路，想在夕阳落山前抵达山顶吟诵诗歌的人，孤独是比登山鞋更贵重的必需品。诗，让我在孤独中为自己营造了另一个丰富的世界。我在小酌醉意间与自己对酒作诗，把今天的过往、每颗星星、每只小松鼠都记在诗里，然后说，这又是心满意足的一天。有人问我，既然有文学梦，为何不选择语言文学专业呢？其实我不想当职业作家，而只愿做生命历程的记述者。我要把生活过成美丽的散文诗，让每一滴泪水每个心声都幻化成诗文，用文字记载我的喜怒哀乐，让孤独有诗陪伴。

结束在一首诗的日子在异乡继续着。埃姆斯的天气多变，一天中，春天的温存，秋天的沉郁，夏天的热情交织着，我的情绪也在三个季节中浪迹。冬时未到，异乡还有几场雪缺席？等瑞雪霏霏，暮冬来临时，一天的闭幕诗中也许会飘散着雪味，那又是一番浸入生命的惬意和深情。大学城时而人声嘈杂，时而如村庄般的沉寂。我时而像在北京一样，为逃避人海不惜跋涉向远寻觅僻静的土石路，时而透过田园看到小时候记忆中的蓝天白云，触手可及那做了太久的远梦。

此刻，图书馆里鸦雀无声，书香飘溢在空气里，每个人都与自己的心绪，自己的思想为伴，幸得一天中能有这样的时光。我把写了快一个小时的作业收尾，背上书包又一次离开，每天中，一生中，有太多地方来又去、去又来。离傍晚还早，今天将结束在哪一首诗里呢？我沿着湖边小路走回宿舍，一路走一路思索，终于在入睡前写下：

丹　枫

丹枫凋零在废弃的木桌，
暮秋是它一生的开始，
一生却不经蹉跎。

只有疏松的指针，
懂风铃为它谱下的笙歌。
像野郊外隐耀的篝火，
忧郁、即逝、却不失温和。

也像你眼中的宽恕，
消弭了穹顶与星斗的隔阂。
流浪，漂泊……

丹枫隐喻在旅人的心窝，
乡愁、惘然、故作寥落。
人常以思故为乐，
它的一生却不及蹉跎。

也像你眼中一霎的恣意，
搁浅了季候的冰冷与灸热。

漂泊、零落……

这首诗写完，夜色已深沉，我心满意足地进入梦乡。

2016 年 9 月 30 日

北方，北方

我出生在北方，也生自冬季，每年喜迎冬至，踏雪寻梅。深刻在我儿时记忆中的，是在北海白塔下溜冰，在密云南山滑雪，在学校操场打雪仗，我是在冬天的欢乐中长大的。离家上大学后发现，我的大学小城也在北方，埃姆斯的十月天气渐寒，夜幕早落，黄叶舞在萧瑟的长风中。寒意，总在推开门的瞬间给我亲切感。这陌生的北方，像故乡，更有我梦中的"北国风光，千里冰封，万里雪飘"。它又把我销声匿迹很久的童年带回心头，这里有白雪盖满城堡的冬天的童话，这里有星辰倒映在冰面上的寂寥。

异乡枯枝遍地的街头，年龄相仿的离乡青年们都徜徉在深秋已至初冬未到的季节里。有人手夹一支烟，等在路口乘车远行。有人坐在饭馆靠窗的位置，眼神中流露着叹息，桌上摆着两碟未吃完的小菜，与友人在年轻的笑声中侃一番闲嗑后，便拿起包扬长而去。不知他们是否早早习惯了四海为家，还是肆无忌惮地沉醉在青春的淡然无忧中。每个去年今日，我都在故乡的深秋里度过韶华日暮，年复一年，故乡的全貌深深驻扎在我眼中。有人问我，你想家吗？同样离乡的友人曾对我说：家是港湾，不是囚笼。是啊，我依恋家，但不是依赖。做世界的旅人，不甘于在任何地方停泊。做流浪的诗人，不会安逸在可以游走的年纪里，所以，我飞向天南海北去积攒故事和思念。

　　埃姆斯本是一座寂静的北方小城，在寒气的笼罩下更显清宁。没有喧嚣和人潮的天地间，更适合雪的驻足，枫叶的归根。我需要一片不被高楼大厦障目，不被车水马龙拥堵的荒野，用我的诗心浇灌，用我过往的步伐渲染，至少它能在我的心田开出一片繁芜辉煌。温度接近零下的清晨、傍晚里，只想为北方不停地抒写情怀。我的故乡在北方，我第一个停驻的他乡也是北方。我是来自那圣洁雪国的精灵，寒冷冻不住温暖的眷恋和向往，有时却冻住我朝远方眺望的双眸。蓦然回首，竟忘却自己身在何方，是北方与北方过于相似呢？还是北方总让我迷惘？

　　古老的钟楼旁潭水粼粼，我在另一个北方筑起另一段寒冷的冬日。同样有一条街，让我每天来又去；同样有一群朋友，从相识到相知，陪我把酒当歌，留下欢声笑语的记忆；同样有一个季节，虽沉默不语，却触动我心潮澎湃，诗意泛滥。我伴着寒意绕过灯火依稀的小店，时而踏上小路寻觅村庄，时而回转长街寻找繁城的韵味，多么熟悉的情景，离家虽远却离不开陈年的心绪，我还是我。假如无论走到哪里，都可以守住这样的岁月，我将怀揣着在故乡、在年少种栽下的信念走完一生。假如我永远不会改变，就算有人告诫我世界的另一面是黑暗的山路，我也将一如既往地守住心间的微芒。假如"走出半生，归来仍是少年"，那是一份多么美好的初心和向往。嗯，我对自己说，为了那份初心努力吧，我依旧把晨光下铺满枝叶的小路当作必经的美好，依旧为思念挥毫，为草丛悄掩着的云霞挂上淡淡微笑。

　　秋色已深，初冬将至，我大概在等一场雪。去年十月的足迹还无比清晰，还没有被时光洗礼。大概北京街上的人群已经穿上薄棉衣，地铁一号线上我家的那站依旧拥挤，有人刚来，有人像我一样离去了很远。学生们都该换上冬季校服了，背着书本重复着我们重复过很多次的属于寒季的学期。今夕，我在另一个北方经历着青春，回忆着故乡留给我的故事。

　　我在北方长大、离开，又驻足在北方，那个占据我归属的方向，那个雪白染透天地的方向。北方，北方，下一场雪吧，让我记住你给世间最真实的模样，让北方人，在雪落的轻愁中，心归故里。

2016 年 10 月 2 日

星星做成的远郊

　　穿过田园小城的寥寥人迹，远眺辽阔玉米地中央的小木屋，心随着车感受着远行。再行进一段乡间土路，我们终于抵达了一片远郊。一望无际的草场间交织着两条长长的石子路，两座尖顶小房在辽阔中略显寂寞，却不乏惬意。留学生活的第一次郊外聚会，在这个叫作岩河（Rock River）的陌生地方拉开了帷幕。

　　没有网络信号，只剩这纯净极致的大自然可看。我一边四处游走，一边读着迎面相逢的风衔来的诗意。来自大平原的我，对小城郊外起起伏伏的地形很是好奇：向右下坡处，看到一圈自然围成的"小世界"，里面有一潭湖水，不大却和周围的草丛一样青绿。天坚守着它的蓝，草摇曳着自由，水在轻淌自己的生命，这里好似仙境，不受世俗的浊染，清澈纯净的没有足迹，没有故事。我不舍得继续向下走，不舍得打扰这安宁的一切。四周一片空寂，除了我们没有其他访客，我想唯一住在这里的只有神圣和诗意，或是一些幸运的找到归宿的灵魂吧。假如把这里的所有都放大，放大成辽阔无垠的草原，放大成烟波浩渺的湖泊，小坡化成高山，山间浮起薄雾，会是怎样一番景象呢？或许，我的心头不只藏着一处惬意小景，还热爱着壮美山川吧。蜿蜒的木头栏杆远处，有没有一群自由的牛羊徜徉在草场，徜徉在那我不可抵达的白云生处呢？

我收起思绪，与众多华人新朋老友共进晚餐，香喷喷的中餐家宴配上一张张熟悉的东方面孔让我忘却了作为异乡客的落寞。很少登台表演的我，在晚会上为大家朗诵了我从心底带来的一首诗。我一向把缥缈的诗意，道不清的空灵埋藏在心底，诗是我最珍贵的名片，记载了我的童年、少年、青春和所有过往。这是第一次，把我写的诗朗诵分享给大家，好像向人诉说着自己的前尘往事。特别在这夜色里，在我最爱的星空下，在掌声中回头看一眼窗扉，止不住热泪盈眶。孤身在外，有那么多的第一次，少了拘束和依赖，相识了一群新人。日子真的变了，变得彻头彻尾，不似往昔，眼前，比挂在我心头的星空还要陌生得多，陌生的郊外、陌生的人群……我想家了。

趁大家欢声笑语对酒当歌时，我走出屋子去户外夜空中摘星，我绕过高高的树杈去寻找弯弯的月亮，它在几颗最亮的星辰旁，依旧亲切如故，弯弯的忧伤恰似缠绕在心上。夜深了，月牙儿静静挂在小木屋顶上，背衬星星和旷野，这不是在童话书中看到的画面么？孩子般的美好向往与静谧真切地呈现在眼前。来自大城市的我，从小唱着一闪一闪亮晶晶，却第一次距离星空那么近，好像触手可及。第一次用肉眼看到那么多星星，眨眼看是一颗颗孤独的星辰，凝望着，凝望着，仿佛在蒙眬中连成一片。不知这蒙眬是来自夜空的云，还是眼中难以拭干的热泪。漫长蜿蜒的路，在月光的照耀下，一半石子，一半是秋天的繁星。没有路灯和霓虹的夜晚，前路却是那么清晰，远方却是那么亮丽，或许是因为我心中的梦被点亮了。我多爱星辰，多爱雪路，我第一本诗集的封面就是夜空配上雪地。年轻的人生就是要去自己想去的地方，等到冬天，我的诗便不再蒙眬虚幻，它会真实地落在世间，每一个字、每一行都有了着落。

　　繁星满天，每一个角落的星辰都随着我的眼眸渗入思绪，遥远的星际那么远，却能看得如此清晰，我不禁呢喃着，星星和家究竟哪个更远？穿梭在星海之间的是客机吧？我也曾乘着客机穿越故乡的山川湖海，穿过朝暮，甚至穿过不同的季节抵达了这里，抵达了大学时代，抵达了此刻站在这里的自己。这种穿梭又仿佛在一瞬间，曾经那么多年穿着中学校服，在北京城里乘地铁上下学的学生，怎么秒变成异国求学的大学生了？曾经朝夕相处的人和事，就如同这些星星，可望而不可及，变得远在他方了。以前的晚上十点都在自家的卧室里赶着作业，窗外车灯、霓虹闪烁，有时与朋友小酌后走在热闹的长安街上，肆意享受着青春年少。怎么现在孤身一人，在异乡的远郊看星星呢？多少疑问，多少惆怅情不自禁升起，又转瞬即逝，消失在星河的一角。旁边有人探讨着星座，有人谈论着地平线，夜色中深秋的寒意虽陌生，却带给我全新的喜悦。

常驻心头的诗意陪我在冰冷的石头上守了一晚的星星，文学梦和小镇郊外的情调环绕着我，岁月正巧让我停歇在这里，在星星做成的远郊停泊。当我回到卧房躺在陌生的床上，心里对自己说：我不再是恋家的孩子了，将以四海为家，今后再去更多的他乡，我也不再惧怕陌生了。或许我会走得更远，离开城市，走向星辰空港，道别青春，踏遍风霜暮雪。远郊清晨的七点，太阳还未升起，星星早已不见踪影，或许它忙着赶回去点缀故乡的城镇乡村，或许它只是深夜的一场睡梦，只有一夜的生命。不知从哪里落下的薄雾在不远处的小房顶上漂浮，这薄雾后会不会藏着一座神秘的隐居村庄？但愿村庄里有一座小木桥，有溪水潺潺，有打渔人，诗人，也有刚刚归乡的长者，还有即将离乡的少年……

　　我看到星星了，漫天繁星，十八年历经的一切，好的、坏的都消散在星空中。去做自己的文学梦吧，满怀深情梦寐以求，又孤独沉静，或许文人生来皆爱星，似星辰……

2016 年 10 月 10 日

秋 叶 林

　　秋天，早已悄悄地到来；秋天，也捎来了冬的寒意。一年中最美不过金秋时节，蓝天、流水、金色的枫叶。盛夏之后，这个秋天，趁北方初冬的雪尚未来到之前，在一个阳光明媚的午后，约上几个心有戚戚的好友，我们相聚在秋叶林，"一年好景君须记，正是橙黄橘绿时。"单反、飞行相机陪我们一起寻觅、见证秋天的每一束光、每一道纹路的秘密。

　　走进秋叶林，枫叶正舞着它的自由，秋风吟咏着每个过客心头的故事。我们走着青春的路，走在诗中，走在梦里，一切都静如没有风拂过的潭水。我们被金黄色的屏障包围，与尘世的喧嚣隔绝开来，在这里没有一丝烦杂，云朵被枝干遮住，也不见阴霾。或许我们会在陌路迷失，但在这里只能向前走，每一级台阶都是秋天的赐予，每个步伐都踏在秋的灵魂中。人生总有迷途，我情愿在枫叶满天中毅然远行，远方就是方向，远方就有答案，就能抵达终极目标。

偶遇一潭秋水，向着没有人烟的地方轻淌，只有凋零在水上的枫叶才惊起它的波澜。潭水两岸，孩子们和宠物犬在嬉戏，老人们面带笑靥望着人与景，仿佛在说：生命本该如此。青年们拿起相机定格自己心头的秋天，按下快门的一刹，秋的灵魂又一次被诗化，眼前的尘世在他们的剪影中变得纯净无瑕，只被季节的颜色渲染，只被潭水的纯净倒映。驻一处山头，不经意想起中学背的诗词："碧云天，黄叶地，秋色连波，波上寒烟翠。"当年在沉重的课业压力下，无福消受故乡的秋景，考试前匆匆背下诗词后便扔在一旁不再去想。今年的中秋，停泊在异乡的山头，沉默了许久的古词忽然在心头涌起，也是别有一番滋味。异国他乡的良辰美景中，谁不呢喃着乡愁呢。走着走着，长路通向傍晚时分，残阳落日悄掩在哪片密林后呢？等到归乡那天，故乡的枫叶早已落尽了吧？

飞行相机替我们领略着异国小城郊外美艳的秋色，它在接近云的高度望遍世间的繁芜，拍下寥寥人烟的小路，拍下整个秋城的生机。茂密无隙的广阔红枫林，滚滚的长河宛如时光匆匆流逝。飞吧，飞吧，看看天空下阳光照耀的华美大地，看看苍穹之下美不胜收的世外桃源，带着我们渴望的自由，带着我们浸染着秋意的幻想。飞吧，飞吧，告诉我们远方的每一抹秋色，飞向我们抵达不到的空巷或闹市。那是一架小小的飞行相机，像一颗飞往漫无边际的心，愿我们心旷神怡过后，仍带着秋的情怀在人生的路上淡淡远行。

后来我们离开了，留下夜晚的星星依然沉浸在朦胧的秋景中。我羡慕每片静静走完生命的秋叶，一边怀抱着苍茫大地，一边舞着身姿留给世人最后一抹秋色。假如我是一片没有方向的枫叶，躺在那片故土等着生命枯竭，我也要把余生献给秋城的一角，告诉路过的摄影师这是个惆怅和喜悦交织的季节。夜晚了，我回放着秋叶林中拍下的照片，从树上飘落归根的叶子依旧停歇在枫树脚下，在夜风中生机勃勃。

　　这个秋天，似曾相识，我们栖息于枫叶满山的坡路，将诗意种满心田。今年离家后我看了整整一场秋，大学城郊外，州立公园（Ledges State Park）的秋叶林在我心中埋下最深的至爱。窗外，秋音未逝伤别离，秋风秋雨总关情。夜深了，我提笔补上最后一行："假如我是一片即将消逝的枫叶，我最想与山河故人道别……"

2016 年 11 月 5 日

最美栈桥步道

　　一处异乡，一座长桥，城连城，望不到尽头的远方总有天涯和梦。邻居布恩县的高架栈桥步道（High Trestle Trail Bridge）是一座美轮美奂的艺术品，它是艺术家召唤未来的心灵雕塑。行人漫步桥上，仿佛深入矿井之中，又好似置身于时空隧道，仿佛能穿越到未来。我们站在栈桥步道上等日出，等晚霞，等一场熠熠星光。从栈桥上放眼望去层林尽染，可望尽人间秋色。桥下滚滚秋涛润寂声，仿佛世间只剩下红树林和万里碧空。早晨太阳升起时，这里美得悄无声息。

　　沿着长桥慢慢前行，感觉茫茫心海间有一条让自己驻足沉浸的路。远望湖水并不浩荡，缓缓摇漾着这里独有的安宁，向着未知的城镇蜿蜒流去。"晓来谁染霜林醉，总是离人泪。"这片壮美广阔的枫叶林悄掩着日光，也沉默在落霞时分。一湖，一桥皆望不到尽头，孤人游子倚靠桥栏，望断两个天涯。假如眼前的世界是一颗心，向右侧远望，清湖之外的公路就好像俗世，汽笛喧嚣，人来车往。而这里，脚下的清湖、枫林、栈桥就是心底的缠绵诗意，常在匆匆奔波间被遗忘。所以静如桃源，却是无人不渴求，无人不沉醉的良辰；所以美若仙境红满秋，让水光潋滟也变得深沉。滚滚红尘映衬下，长桥的色调也变成秋的专属。太阳冉冉升起，傍晚隐落在长桥尽头。

长桥两头犹如一日的朝暮，走着走着，就从日出走到落霞满目。旅人擦肩而过，微笑相问：我是过客，不知你是否是归人，以此景为乡？我是异客，不知你是否是离人，心怀相似的乡愁？刻意绕道从彩霞桥间路过，彩霞并不绚丽，淡淡从天边溢出，秋风轻起，唤起寂寥的渺渺人烟。层林深处是小桥流水人家还是繁城万家灯火？好像无人知晓，草木丛生随风摇曳掩护着这里的神秘，清涛小溪流淌，也不随波逐流。栈桥步道架起一段随性的、独特的通途，并非阳关大道，我们走在路上。

夜晚是一天的结尾，却是梦的开始。桥上的彩灯以黑夜为背景，随心所欲地亮着，有时是一抹淡雅的蓝，有时是略带轻狂的紫。远看有无数个正方形灯框旋转交错着，从桥头伸展至桥尾，像是色彩斑斓的网。细看又是那么有规则的建造，这般人文创意与枫林秋水相辅相成，营造出一派梦幻的秋夜。远空的星星清晰可见，既不稀疏也不凌乱，随意地浮在夜空，自由又纯粹。两颗星星的对望，多像这里与故乡的距离，看似那么近，近在心头和眼眸，又是那么远，跨越千山万水和漫长的时光。星光璀璨，与栈桥步道上的霓虹灯一起照亮这里的今夕，星光寂寥，点燃每个过往的人心中埋藏的历历光阴。星光、霓虹多像亮晶晶的眼睛，时而看月亮，时而看我们，时而又回望流逝的白天，它们仿佛能看穿岁月。它们从东方漂流到西方，跨过海洋和天际，告诉这里的人们该入梦了，告诉游子思乡的泪这时可以轻淌，不必掩饰压抑。我想星星一定也认得这座桥，和这一季秋色。这里，几人走几人留，时光里，多少青春来了又逝去。唯有星星才是此地的常客，或许唯有它们才配得上这里的分分秒秒，星光，秋夜，栈桥步道，今晚我走了一条最美的路，却不忍心走到它的尽头。我要让它在我心中保留一份神秘，不去打扰它，始终守候着这份神秘感。明晨，太阳照常升起，此地一如往昔，今夜的人又身在何方？

　　每片落叶都义无反顾地在桥边的枫叶林里归根，每颗星星都把这里当作故乡。这里的一寸草木，栈桥步道上每一个步伐都在世间独显生机。我走过漫漫年华，恰巧停泊在这里，不叹昨宵匆逝去，遇见即是有缘吧？"枫红透江对斜阳，远空隐隐溢霞光。一道长桥天涯路，心愁寄夜满星芒。"我信口留言后便离去。

2016 年 11 月 15 日

感恩节的校园生活

　　有时候人走尽了，其他故事反而多了，就像大学城感恩节的假期，整个校园几乎空寂无人。一个人好像可以独占宿舍楼，一首歌一首诗，静到可以听到时间流逝，比转动的指针还清晰，静到可以感知到暮冬渐近的脚步声，赶在寒意来临之前。坐在湖畔的长椅，两只天鹅依旧徜徉在潭水中，时而上岸摇摇晃晃相伴而行，或许它们对岁月无感，只顾沉浸在四季轮回之中，度过春暖花开，枫叶遍地，还有瑞雪纷飞的整个冬季。夜晚走在校园的路上，发觉脚边的网状井盖里有一双黑幽幽的眼睛盯着我，我却丝毫未感到害怕，那眼神里带着好奇、期盼甚至渴望，仔细一看原来是两只胖乎乎的浣熊歇息在井下。松鼠踏过半枯的叶子、寂寞的寒枝，摇着大尾巴嬉戏在小雨初霁的午后。那几天，我像游荡在童年遗落的童话梦中。

　　三毛在《撒哈拉的故事》里说："与其将漫长的午后消磨在

死寂的小房子里，我还是情愿坐在车里开过荒野去跑一个来回，这几乎是没有选择的一件事。"寂静催促着我去小城的市中心遛个弯儿，哪怕一无所获也好。在接近年尾的十一月末，在遐想中，城中风光旧曾谙？小店门口的风铃在慵懒的午后叮当作响，咖啡店、礼品店、自行车店，虽然人烟稀少却一点没有暗淡。我想坐进咖啡厅里读几篇英文，又想去中餐馆里来一碗热汤面。走进礼品店，一切都换上了圣诞节的妆容，万事俱备，只差一场姗姗来迟的大雪。想象一个月后的平安夜，一定会有几个孩子抱着礼盒站在街头的圣诞树旁，雪湿漉漉地落在他们的脸颊，灯光照亮他们的喜悦。他们，应该离长大还远，年轻的时光绰绰有余，孩子们将在欢声笑语中迎来新年的钟声。圣诞老人走街串巷，伴随着今年的远去消失在长街的尽头，这是我想象中的美国圣诞节，伴着漫长的冬月。

荒僻处一条望不到终点的铁轨出现在我面前，没有火车到来配合我的心情，听说这里只有货车驶过，并没有承载悲欢离合的客运列车。无论这轨道是做什么的，我竟对此处怀有一份深深的期望，我期望它通向另一处村庄，不是故乡，也不是远方，而是一个全然陌生的巷口，等待我去探索那里的年华和故事。

这里原本只是一个寂寥的小镇，一座典型的大学城，感恩节更是带走了绝大多数同学。对于我这个从繁城来的异乡客，这般凄清成为别具一格的风景，在我生命中留下深刻的印记。仅仅三天的日子，像一场孤独的流年，成全我一段新奇的岁月。早晨我起床推开窗看旭日东升，写完作业后到校外的餐馆独自吃饭，小餐馆里只有零星的食客,我的心似乎沉淀在空旷的荒野上,有种空空的安宁。下午,我随心情选一条路,慢慢前行,没有什么可着急的,走累了就择一处有小景的地方坐下,读几页书,有灵感了就写几笔,没思路再起身继续前行。不看天气预报的我没带伞,却期待一场雨,这样的前行似乎更有意思,连繁叶落尽的枯枝也静止在微风中与世无争。枯枝在雪来临之前已结上了白色的寒霜,那般晶莹剔透,似乎告诉世人,即便它的生命繁华落尽,也要在荒芜中厮守一颗纯洁无瑕的心灵。其实只要清楚自己的梦,就不必与别人去争论那些模糊的真实。

小镇的钟声提醒我快六点了,北方的暮色悄然沉落,黑夜敞开胸怀,让每个仰首的过客看一场星空,稀疏也好,短暂也罢,至少此刻的孤独不全是黑暗的。第二天早晨睁眼,外面的世界依旧寂寥,那一刻恍惚身处世外桃源。后来干脆把手机也关上一阵子,我的世界里只剩我和思绪,等我渐渐爱上了这里的清宁,便发觉我所向往的或许正是心的沉静。午后,我去咖啡店里坐一下午,想要的就是这番决然的自由,心声指引我每个下一刻,包括每次对望夕阳时幻想的内容。

有时候,人走尽了,自己的故事就多了,比如,在思绪未尽的笔尖下迷途,比如,为了等雨停而驻足。

2016 年 11 月 29 日

雪中杂记

　　下了雪，北方小城最美的灵魂才赫然矗立在世人眼中，所有的凡俗、喧嚣、尘埃都被这纯净无瑕的雪覆盖。昨夜，异乡终于下起这个冬天第一场雪，来得那样静谧，没有惊醒任何一场沉睡的梦。闻说下雪了，我抑制不住激动跑下楼去看雪的身姿、雪的脚步，全然不顾早已换好睡衣。最惬意的是在无忧无虑的早夜，出门在雪花飞扬中走一圈，找星星，寻月亮，一无所获之后叹一句：冬天你好！清晨，整座城市换上洁白的装束，周日的校园，只有零星的脚印证明雪里有人迹。微风轻拂，雪的味道是那么熟悉，像我那遥远的北方故乡。随手捏个雪球走了好远的路，这里的雪球，在每个爱雪人的手掌中可以凝固好久，我温暖了它冰冷的身躯，它把冬的灵魂送进我的心坎，冬的灵魂也是暖的。我就知道生命里的冬天不可能没有雪，哪怕它姗姗来迟，北方你好！

　　寻一处小景，找一把长椅，望着眼前那个不会被冰封的小湖，它依旧缠绵的水波恰如我的思绪，在暮冬的飘雪中潺潺不休，不向寒冷屈服。秋天的潮汐是堆积的枫叶，冬天的潮汐就是这冰雪下的思绪。两个年龄相差不大的黄发小男孩蹦蹦跳跳地从我身边走过，相似的面孔透露出他们是亲兄弟，他们的父母跟随在后手拉着手，微笑着望着孩子们在前面嬉戏，这场景在这里很寻常。上周去本地人家做客，来了两个金发碧眼的乌克兰漂亮小女孩和她们的母亲。两个小姑娘在沙发上打闹，欢笑不断，我看着快乐的两姐妹觉得十分有趣，又有些黯然神伤。作为独生子女，我回想起自己的童年，似乎少了些什么。中国八九十年代出生的独生子女们，小时候或许都曾希望有一个年龄相仿的手足，在那爱玩的年纪就不会感到孤独。记得童年，到天快黑时，和院子里的小伙伴们告别，各回各的家都是那么不情愿，回到家里，铺满玩具的屋子却还是感觉空荡荡的。但孤独也是思想最好的老师，没人相伴又何妨？我在独处的镜子前看清了自己，认识了自己，我只是我，我唱着自己的歌，写自己的诗，一直到长大。现今中国开放了二胎政策，剩下我们这些独生子女在历史的长河中留下浓墨重彩的一笔，我们也终究长大了。

还记得那天，两个乌克兰小姐妹的妈妈打开电脑，告诉我们那天是她老公的生日，想让所有在场来客用各自的语言，通过视频对他说句生日快乐。视频打开后，生日歌响彻了整个房间，两个小女孩儿举着蛋糕在视频前开心地跳舞，视频里的父亲一脸慈爱与感动。我们来自不同国家的客人，分别用英文、中文、印度语、韩语、法语……对他说着生日快乐。忽然有个幽默的人举着一副像画的字对准屏幕，在大家都疑惑这是哪国字时，他一脸坏笑地说道：这是外星文，全场大笑。这场国际派对场面虽然不大，却足够热闹，"今天吃掉它，"小女孩儿们的母亲指着大蛋糕说，于是大家开始齐心协力让这块蛋糕消失在嘴里。这番温暖的异国风情想必是我远赴他乡留学最期望感受到的。

除了温馨，极具喜感的画面也值得一提。周二的半夜十二点，整个宿舍楼居然响起了火警声，室友先是一愣，然后一脸苦笑地说：我觉得我们要下楼了，刚刚钻进被窝的我披上一件厚羽绒服就出门了。刺耳的警报声让所有人不得不迅速下楼，我前面的女生高举着电脑，"炸碉堡"三个字浮现在我脑海中，估计她正在赶作业吧？有人是从浴室逃出来的，身披浴巾头上裹着"厨师帽"的形象让人忍俊不禁，如果摘掉帽子，他头发上是不是还冒着泡泡呢？还有披着被子一脸"梦游相"的男生摇摇晃晃地走着……总之大多数人的脸上都是写满了无奈，几句地道的英文脏话在楼道里此起彼伏。不过下楼的秩序很好，没有人推搡拥挤，也没有人大喊大叫，其实楼里任何事情都没发生，最大的事就是在这样寒冷的冬夜里，全体被迫瑟瑟发抖地去楼下站着。后来警报解除，楼门开了允许我们回房间，身边的美国同学即刻欢呼雀跃，我却早已困成一副"冷漠脸"哪还笑得出来，没有丝毫高兴的心情，一点儿不搞笑不好玩儿，除非你笑点低。他乡处处有奇葩，只能自我安慰了。

想着这些天的琐事，雪也小了，看着一粒粒雪消逝在手掌上，像一秒一秒流逝的时光。清晨的天空还没苏醒，故乡已经进入梦乡了吧？打开微信，好友也没再回复消息，昨天她告诉我，她一遍遍读着我写的游记，从中提取一些灵感写进她的小说。她在南方写小说，我们更像是笔友，经常在微信里对诗，其实就是随心情碎碎念，相隔半个地球却依旧惺惺相惜，每个句子涌出都沉落在对方的心头。曾几何时，我们还在北京的街头手拉手漫步，今日却相隔千山万水，命运啊，时光啊，可知我们共有一场文学梦，写遍异乡的每个季节，之后揣着自己的书回故乡重逢。歌词里唱"三百六十五里路啊，从故乡到异乡，从少年到白头，岂能让它虚度？"我们用年轻的心绪将三百六十五日化成著作，每一页都是年华，都是我们踏过的人生足迹。

我在雪中收笔，雪说：再见！北方的游子。我说："你慢些消融，有人踏雪的路才刚刚启程，有人想在瑞雪纷飞里流连一生。"

2016 年 12 月 5 日

埃姆斯的雪

　　我来自北方，却从没见过一场如此真诚的雪。在我印象中，雪，应该静悄悄地来，漫无声息地消融。雪，应当配上静谧的村庄和一条被冰封的小溪。埃姆斯的雪却铺天盖地，终于从我的梦中飞舞出来，鹅毛般的雪花飘落在眼前，我伸手接住这份晶莹圣洁，抓住久违的童年。

　　周末的大学城向来少有人潮，我沿着松鼠的脚印漫步，直到余晖吞没了雪后的隐隐的蓝天。忘记走过多久的路，就又到岁杪了，这是雪的季节，雪成为常客，经常光顾。校园中央的古钟在雪地映衬下敲得更加昏沉，仿佛在催人入眠，也紧紧压住了这里的沉默。"飞扬，飞扬，飞扬，你看，我有我的方向。"不知每朵雪花要飘向何方，总之一周后我要归乡，埃姆斯的雪，你跟我走吗？或许你更适合留在这静雅的地方，与野鸭为伴，与闲云共舞。雪沉吟着耳熟能详的诗："旅人你一定要走吗？夜是静谧的，黑暗昏睡在树梢上。"我说："旅人，是时候走了，该归时总要归去，就像你和冬天一样不是吗？"年轮也是静谧的，在缓缓流淌中留住春夏秋冬、花好月圆，却除了青春。排排尖顶的雪檐，耳畔的洋文，再加上几场雪，异国小城的暮冬就这样驻留在我人生的这段路上。我一向喜欢雪花的温柔，安静，在喧嚣的世间别具一格。它又是那样孤傲，只肯停留一季，只肯与大地亲密相逢几夜，之后便消融离去，永远被定格在人们的相册中，默默祭奠年华。

　　一位蹒跚踱步的老人从我身旁经过，雪白与他的鬓角融为一色，他衣襟上还沾染着零碎的雪花，他脸上的慈祥中藏着一抹笑靥，是对人生，还是对世间呢？其实，雪与每个人都有个一辈子的约定，无论你曾经爱过谁，道别过谁，与谁有过海誓山盟，等有朝一日两鬓斑白时，太多相约的故事会姗姗来迟，雪会在每年如期而至。野鸭在冰封的湖畔游荡，这几只北方的野鸭，自由、豪放，不乏潇洒，引颈高歌几声后，又调转方向遛弯儿去了。人少了，雪落了，心也自然沉淀，被窗外的风托起思绪。窗外北风呼啸，这里的风毫无遮拦，天地更加苍茫一片。这里的生活不免孤寂，一个人，湖岸边的一把长椅，一本书，还有身在其中的雪季。想起我那繁华的故乡，是否发生着所有该发生的日常？

　　雪舞着美丽的身姿，把一片片圣洁洒向人间，霎时间雪白铺地。在一片雪地中，在雪花飞舞中，想不起繁杂琐事，心海也平复了波澜。厌倦了红尘俗世后，一心想与雪邂逅，雪用它纯洁无瑕的灵魂洗濯你的心和沾满灰尘的脸颊。雪啊，飘然，飘然，夜中雪，雪过星伴月。雪过天晴后，月牙露出笑脸挂在屋檐的一角，像童话故事那般美好。这时，有往事就赶紧回想，有思念的人就抓紧思念，有梦的人就随倦意入眠吧。冬雪为你绘置好了苍茫大地，星辰一如既往伴着远空的月光，日出不会早早升起，雪地不会很快消融，仿佛连青春都不着急老去。

埃姆斯的雪就这样落定在异乡，回见别来无恙的故乡人，迎接对它无限神驰的游子，再惹一惹调皮的小松鼠。仿佛它试图为每个人舞出故乡雪的样子，我却爱着它独有的真诚、朴实和高贵的魂魄。埃姆斯的雪只落在澄澈处，从不委屈自己的灵魂，它总是选择人烟稀少的时辰飞舞，舞出自己最洒脱的样子。傍晚过后，餐馆门口人影散尽，只剩残雪里的一片凄清。我沿着小街幻想漫漫长路无尽，身后小楼起北风，仿佛看见星辰恰似挂上了枝头。仅剩的零星飘雪还在试图埋藏这一迟暮，知道徒劳后，又飘进漫步人的心间，或许那里可以久存它的惬意吧。

忽而想起小时候写下的诗："一朵小雪花，没有根，没有芽，无声无息地浪迹天涯。它读懂了暖冬的温柔，也明白了人间的嘈杂，在凋零的一刻，读懂了天涯。"异乡的雪，飘吧，飘吧，飘到我归乡那天，飘到我又回来的时日，飘到哪天我从这里永远离开。

2016 年 12 月 5 日

第一个异乡的年

印象里，等最后几缕残枝落地，等上一场雪的残印彻底消融，风为胡同小巷挂上摇曳的红灯笼，超市里又响起熟悉的童谣，就该过年了。那时家家户户会在烟花绽放的夜空下相聚，整个祖国都洋溢着欢声笑语，前一年的欢喜忧愁都被除夕之夜的晚钟洗濯，化作留在心头的历历往事。"每逢佳节倍思亲"，命运让我在年轻的韶华中多了一段离家的故事，让我体验到乡愁与思念，漂泊和远行。

今年的除夕，异乡小镇格外安宁，皑皑大雪的印记还覆盖着整个校园，来自不同国家的学生在周五的清晨一如既往地赶路上课，唯有中国学子在此刻把太平洋彼岸的故乡望眼欲穿。春节的乡愁不仅是想家，更是一种难舍的中华情结。打开直播的春晚，寻觅往日的那番年味，当透过电视看祖国的大江南北，当熟悉的乡音和古诗词响彻在心魂中，才恍然明白我早已离家千万里。从窗口眺望，细数距离，千山万水尽遥迢。忽觉思乡的滋味不再是黯然神伤，那感觉如同远方日夜流淌的江水般缠绵滋润在胸口，送来举杯对月的沉默寂寥。思乡是一首朦胧的长诗，总是飘忽不定地闯入心扉，字里行间的情怀镶嵌在月光中，照亮在隔开两地的山水云霞间。

往后连续几年的漫长时光里，家门前的烟花都不会绽放在我的眼前，北京嘈杂人海中的年味儿也终成年少时的记忆。旧岁真的远了，离别的不是人，不是去年的落花，而是我十八年的韶华。梦幻远方，故乡人别来可无恙？车站零点之前就已熄灯，祝愿从去年走来的人们都擦干陈年的泪水，诉说着过往，欢聚一堂。近望他乡，祝愿漂泊的游子们在这没有爆竹声的窗前，静静梳理心绪和夜晚的惆怅，望望圆月，酒入愁肠。人生便是如此，每个人都有着自己的步伐和梦的方向，路过不同的风霜雨雪，攀缘着茂盛或荒芜的长峰。

新岁里，春雨会洗礼阳光灿烂的午后，会有旅人撑着伞从街角路过，你会品着一杯咖啡，她会把一刻的残阳记在心头。盛夏的海滩会坐满看海的人，毕业季还会有泪水与远行。秋枫依旧会在九月徜徉，你还会抽出时间，带着相机与诗意捕获秋天的生机，尽享那一刻的闲适。暮冬的雪路或许还会坎坷泥泞，你依然一分一秒过着生活，偶尔敞开窗扉，任由冬的寒息在脸颊上飘洒。你会在朝暮轮回的日子里等候琼花开落，经历曲终人散，和离别或归来时的醉意。新岁里，我又将有多少次孤身徘徊在机场和酒店，多少次在傍晚熙攘的人群里忽然涌起莫名的思念，每个微不足道的进步，每阵暖暖的清风却是我向往未来的理由。我还将与友人在故乡的霓虹灯下相聚后又别离，追忆往事，为未来小酌一杯。任岁月这样流淌吧，只要我在其中乘舟。

我的异乡是座宁谧的小城，白云缠绕着尖尖的房顶，最清晰的是夕阳和远山，午后总有种熟悉的芬芳，街道像大城市里掩藏着的蜿蜒的小巷。我在世界另一端的流浪中找到了往昔，找到了那些若隐若现，直到完全消失的昨日年华。我换了种生活，走进这远方的日暮里，走进淡淡的乡愁，走进全新的花草四季，也走进这不回家的新年。埃姆斯的二月冷风瑟瑟，路不长，天空湛蓝清澈，只是身处这里，总会数起归日。如果我能做那自由的鸟儿，我注定成为一只倦鸟，尽情倦游到天涯，飞到南方去看水乡江岸，飞到北方去看暮雪苍茫，然后当晚风衔来余晖的时分归巢，世间总有一个归处让你在奔波的途中蓦然回首。

终于，从生命中的这个新年伊始，我真的成为游子，也为漂泊而吟诗作赋：

游 子 说

你说乡愁像一朵漂泊的雪柳
悄然落在故乡陈旧的街头
游子，你慢慢地走
埃姆斯的暮冬，瑞雪依旧

你说乡愁像那缠绵的溪流

向着东方的故国潺潺不休

游子，你要时常回首

家门前的小舟，在为你停泊守候

你说乡愁像星辰的眼眸

总与心房在夜幕时分邂逅

游子，你不要泪流

在远方的屋檐下长梦一宿

你说乡愁像烟花般美不胜收

可知故乡的今宵已被万家灯火染透

游子，道句新年快乐

他乡的零点钟声敲响在心头

　　当烟花在海对岸的故乡夜空中美不胜收时，当长街古巷贴满红色的对联，热闹非常时，与满城洋文擦肩而过的中华游子们，别忘记该过年了！像往年一样，在春天来临之前拜个年吧，道一句久违的祝福：新年好！万事如意……

                                        2017 年 2 月 9 日

暮色夕阳

　　当一天马上将变成记忆的时候，很多人在暮色里变成归人。年轮里，日子就是这样轻淌在傍晚的春湖间，有时轰轰烈烈，有时悄无声息。这里是异乡，高速路两侧的灯火点缀着小楼，夜还未降临，太阳已沉睡，昏黄的路灯仿佛催促着旅人，天色已晚，早些回屋吧，故乡很远。

　　我想看一场晚霞，远在他乡的寂寞村庄，唯有夜莺在湖畔应和小桥流水的轻歌。我想看夕阳西下，在这座不胜名的小城，城中心的街头人来人往，宽阔的田园与天相连，旁边还蜿蜒着无人的小路。夕阳挂在天边，小楼恋晚霞，寥寥暮紫烟，紫色、蓝色肆意地缠绕在远空中，渲染了半座城的愁绪。喝杯热茶，前面还有很长的一段路要走，晚霞，夕阳，断肠人在天涯。让诗意沉沦于世间，漫步在铺满霞光的路上，我与你，故事与岁月。

　　日落之后有什么？是否徒留远山孤独沉默在他乡，徒留漫步在黄昏时分的游子，一个人走向夜归的路。等最后一抹红消失于今日的天际线，时辰就不早了，故乡的年也过完了。我还要继续走向下一个路口，那里有崭新的岁月，有新的夜幕降临。沐浴在小城的夕阳晚霞中，双眸和窗扉都是神圣纯净的，被梦呓般的晚风洗礼得一尘不染。眺望，呢喃，蓦然回首，人生中总有那么一刻，时间戛然而止。

风吹残枝在耳畔吟诵着"云物如故乡"，一朝往事，在残阳里发生，在残阳里落幕，神驰着未来。某个夜晚我做了长梦，梦见我穿过噪声嘈杂的茫茫人海，登上山顶，看一望无际的旷野，春河在流淌，冬雪在飞扬。我梦中的小镇，有最纯真的暮色，是最惬意的他乡。青春，在这里，与友人相伴，和这里所有的人一样，写一段故事，驻扎在心头。那故事如海边椰子树的长影般，延伸到未来的春秋冬夏里，筑成这一世的海誓山盟。一段故事的结局或许终究是遗忘，但踏着沙滩走过的脚印在这世间留下过，留在生命的某一时刻。风衔着海浪把它的踪迹冲洗尽，只有陈年的贝壳知道，那脚印曾经清晰可见。

我喜欢眼前的暮色夕阳，余晖之后一定有星辰和月光。炊烟像家的雾霭，带着熟悉的芬芳萦绕在心头。天色轻语，到了归时，有些刚结束，有些才开始。归途，我又踏上来时的路，这次走得不急不慢，本来就该尽情品味一番路边的风景。天边有几只归雁披着彩霞，朝着最初的窝巢飞去，他们说："青春做伴好还乡。"终于快到春天了，细雨待着初春的晨曦，故乡人和异乡人又在春光中赶路，路过街角的咖啡厅，路过百年老店。我在相隔甚远的两地来回漂泊，有收获，有错过，还有酒与故事。

看到那屋檐半掩夕阳的地方了吗？看到那晓月初升的残云深处了吗？看到那隐隐远山的背景下，彩霞染透的半边天际了吗？现在我就生活在那里，每天从日出到日暮，有一如止水的心境，和插在行囊上的一支笔。我第一次独自离家，绕过半个地球，第一个停泊的他乡小镇——埃姆斯，日复一日，这里已悄然成为我的第二故乡。我在小镇看日暮，夕阳霞光照在散文书的扉页熠熠生辉。

2017 年 2 月 15 日

行万里路

相隔的不只是万水千山，更是一去不复返的岁月和心境。当从异乡再到异乡时，才发觉从前真的远了，眼前只有陌生的风与陌生的时光和脚下的路。

赌 城 之 夜

　　曾梦想去一座陌生的城市旅行，所以搭上那架时常仰望的穿梭在云海和星辰间的客机。它从田园般的安宁间起航，在繁城的喧嚣中落地。从波澜不惊的心海中起航，在错综复杂的思绪中落地。前方茫茫未知，无论你曾来自何方，年轻的旅行，就是一件行李一个背包，与过客摩肩接踵，步伐虽慢却不停留。

　　拉斯维加斯不愧称为"赌城"，还没出飞机场就随处可见赌场海报和指示牌。以前对于"赌"这个字有所畏惧，感觉去做这件事的人或多或少有些欠考虑。但当穿梭在这座城市的街道，走到哪里都可见到一片赌机的彩灯随着疯狂的音乐闪烁，形形色色的人们或为了赢到钱而开心的大笑，或目不转睛地认真盯着屏幕上的金币，有时还拿起手边的酒豪饮一番。我竟然感受到一种刺激和震撼，"赌"在这里是一种特色，一种文化，一座城把自己的特色文化发扬得淋漓尽致，何不是一种令人感动的潇洒？

扑面而来的，是那久违的，或者说是更加浓烈的繁城的气息。灯红酒绿、人山人海都不足以形容这座城的疯狂。晚上十点，整座城市被节奏感十足的音乐覆盖，没有一丝安静下来等待入眠的意思。各种摩天大楼上的广告大幕毫不收敛地播放着，霓虹变换着色彩，各式各样的建筑堆积成脑海中的花花世界。大街上的人们有的跟着音乐的节奏狂舞，有的装扮成卡通形象向人挥手，各式各样的穿着，各式各样的心情。要不是坐飞机来的，我真以为自己误入了某个热闹非常的派对。汽笛声长鸣，与音乐交错出喧嚣。对于我，一个总爱着寂寥村庄，古色小镇，或者爱看海边晚霞的人来说，在这样一座喧闹的城市中，有些不知所措，又被燃起对繁华的淡淡向往。我在那个叫作埃姆斯的安宁小镇上大学，云霞与我共静，小城藏在世界的一角，就像我心头的寂寞。而这座繁华闹市，似乎与我毫无共鸣可言。喧嚣中的寂寞更显寂寞，浮华间的惆怅更是惆怅。我继续向远走去，来不及梳理诗意。

　　一座跟大楼差不多高的仿真自由女神像矗立在街旁，后面的大楼间竟盘旋着一条过山车索道，过山车绕着摩天大楼飞速穿行，如梦如幻。不远处有座小型巴黎铁塔，为喧嚣的城驻守着一潭清澈的浪漫。室内有一条天花板是蓝天白云图案的小道，中间还穿梭着一条小溪，小溪上有人在乘舟，当夜幕降临后，再进去观赏更有惬意的感觉。著名雕像，大巧克力豆，好莱坞的标志，慢慢地，我便沉浸于繁华的大都市，随着人潮继续享受着游荡着。我的前面走着一位戴着假肢的女孩，残疾丝毫不影响她的自信和追逐上这座城的节奏，她像所有人一样洋溢着微笑，迈着大大的步伐徜徉在脚下的路途。仔细观察，仿佛每个人都是那么洒脱快乐，一举一动中透露着自由，丝毫不见拘谨，很多陌生人相视而笑。冥冥中想起一个词"包容"，能够如此疯狂，包含着那么多精彩纷呈、多姿多彩的人文风情与景观的城市，想必第一要素一定是包容。第二要素就是自由，我曾以为自由存在于无边无际的海洋，或者属于站在山顶眺望的人，繁城的自由还是第一次映入眼帘。在这里，没有奇异不解的目光，你可以当街热舞，旁人会随你共舞，以示鼓励。这里没有"不正常"，你可以换上奇装异服，每个人都高调地保持着自己的特色和个性。是啊，大千世界，谁有资格评论是非，谁又有资格为正常设定界线呢？在这里，每个人都可以彰显独特的自己，每个人都可以紧握自由的钥匙。潜移默化中我对世界有了新的认知，那些夸张的疯狂，不能简单粗暴地用"神经病"三个字贴标签，深入思忖，它也是一种合理的的存在。

看着霓虹闪烁、车流拥堵的街道，这景象竟给了我几分亲切感，繁城也能唤起乡愁。我来自叫作北京的那个大城市，与这里相比，北京别有一番怅然、深沉和沉静，起码我每次走在长安街时还能想起寻觅当夜的月亮。我在这里的夜晚浪迹了很久，快要踏入归途时，抬头发现一轮月亮挂在大楼半腰的高度，被云层半掩着，稀疏朦胧。在车水马龙中被世间遗忘在夜空的角落，我望了它许久，说不好是为它遗憾还是为这座城惆怅。路走远了，新鲜感渐渐化作迷惘。吃着自助刷着朋友圈，被一条关于对中学记忆的链接刷屏，正流连在陌生城市的自己，再欢快的音乐也掩不住黯然神伤和眼眶中的泪水。离乡三个月，似乎昨天还坐在中学的教室里，和同学在平淡的岁月里学习生活着。近日，每个梦醒时分的清晨都面对着异乡的天空和气息，梦里不知身是客。这是倏忽间的转变，还是我不知不觉中抵达了需要漂泊的年岁？为何有时迷惘着，竟忘记自己这是身在何方，忘记离家的缘由呢？

第二天清晨早早从陌生的房间醒来，彩色的晨光从隐隐的远山溢出，这座城市终于露出它沉默的一面。我将继续走着，在未知的另一处世界走着，在命运为我安排的人生路上走着。早安吧！赌城——拉斯维加斯。

2016 年 11 月 20 日

湖光山色

　　车不停地向前行驶，厚厚的白云浮在不远处的碧空，远方除了云雾缭绕的山以外没有其他目标。拉斯维加斯四面环山，走不完看不尽的山，又像是一圈静谧的荒漠环绕着整座流光溢彩的不夜城。我曾经梦想过多少次，走在崎岖蜿蜒的山路上，遇上奇妙的故事。这梦被囚禁了多少年，被年幼，被大城市的匆忙和浮华囚禁。

　　今天一早我们在兴奋中开启了奔向大峡谷的行程。从拉斯维加斯出发向东南方行驶了约四十英里，月亮的余影竟然还未消失，只是被白昼褪去了颜色，斜映在后车窗上。上午九点，我们到达了旅途中的第一处景点——胡佛大坝，水坝建造于科罗拉多河上，横跨内华达州和亚利桑那州两州的边界。传说这座以总统名字命名的水坝是打开拉斯维加斯之谜的一把钥匙，正是因为修建了这座堤坝，使原本荒无人烟的拉斯维加斯从沙漠深处的一个小村，发展成为世界第一的娱乐之都，成为光怪陆离色彩斑斓的第一赌城。所以，胡佛水坝被誉为拉斯维加斯之母。大坝一侧的米德湖烟波浩渺，碧水连天，一望无际的水光之美不逊于江河溪流。只是湖水没有滚滚流逝的秋潮，只有缓缓的波浪被风推着轻淌，宛如一曲悠然的民谣。两岸山间，架着一座长桥，勾起旅人无限的遐思。哪端是起始，哪端是终点？哪端是往事的源头，哪端将是未来的结尾？天空中有两架飞机擦肩而过，一架归来，一架远去，诠释着漂泊者的人生。阳光正好，不知岁月是否静好，太多洋人的面孔无时无刻不提醒我远在他乡。那就去走更远的路吧，就像当时离家那样义无反顾。

漫长无尽的公路上，天地间一片苍茫。有时天蓝得透彻无瑕，有时被厚重的云层掩去了阳光。路两侧山无穷，水无尽，在这陌生的荒郊野岭，似乎只有眼前一条路。我们这队异乡客竟然无所畏惧，我们坚信只要向前走就不会迷途。望不到尽头的路，更令人心旷神怡，人生的某一程或许如此，有些事或许没有结果，可是一路上的风景如画。这一程，沉浮不定的心被轻轻荡漾的风洗涤，连天衰草的荒地预告世人冬天要来了。这孤独的公路上少有车辆，有时前前后后皆空寂。我却带着难以言表的喜悦，祈祷一路就这样不停地走下去，让我把这荒无人烟的旷野看个够。这孤独的荒野像一把铲子，能刨开被俗世尘土紧锁的心房，能让人敞开心绪，把诗句痛痛快快地写给万水千山。

不知过了多久，车终于停靠在一个破旧的店铺，周围一片苍茫，眼前像是一个被遗弃的孤镇。店铺门前有一位弹琴歌唱的金发少女，有一只在废弃老车里沉睡的猫咪，旁边还有一棵孤零零的仙人掌，让我们看到这里仅剩的全部生机。少女的歌声豪放，却能让人听出苍凉寂寞。我太好奇了，山水云间，藏着这般落魄荒芜的一角，不知她有着怎样的往事，怎样的梦，才能承受住这里的落寞和无人问津呢？旅行的意义在于看遍好似人生的光景，你可以踏进灯红酒绿，你会沉浸于广阔无垠的壮丽，你也会落入一片荒芜，无论如何却终究在时光里，在路上。不知这位孤单少女的未来，她会带上猫咪，向仙人掌道别后永远离开这里吗？还是就这样驻守一世她的旧梦往昔，无怨无悔。

恍然发觉天色有些黯淡，时辰已晚，今天这一程是我走过的最远的路。一路风景有走不完的山，有诉不尽的故事。从故乡到异乡，从青葱少年到两鬓斑白，也可能是从繁城到最荒芜的长路。我曾经多渴慕四海为家的漂泊，站在长安街的街角，看北漂们背上行囊四处奔波。我曾经多渴望长大到可以独自旅行的年纪，然后去山水无尽的远方走天涯，长驻也好，短旅也罢。哪怕梦里是孤独，梦里是离愁，梦终归是美的。作家三毛在《万水千山走遍》中曾写道："在美的极致下，我没有另一个念头，只想就此死去，将这一霎成为永恒。"可是她也曾说："谁愿意做一个永远漂泊的旅人呢？"或许一直永恒的漂泊，也算是一种停驻吧？至少我希望自己的心魂在适合归宿的地方稍作歇息。其实一直走着也罢，漫漫迷途，也终有一归，不是吗？

车行驶得再快，也追逐不上轮回的日暮。终于天边溢出了彩霞，有些短暂，我却凝望了它今天的整场生命。紧接着是夜幕降临，几颗零散的星星早已等不及地挂上夜空，为旅人送来微弱的光明和最大的慰藉。或许只有在这辽远陌生的路途上，我才会早早地想起寻觅那轮见过故乡和异乡，见过所有远山近水的月亮。它依旧执着，仿佛永远追赶着我们的步伐，住在我们头顶的那片夜空上。这一天，从晨曦走到夜半，湖光山色，残阳星辰尽在眼眸里。远离了人群稠密的城市，却看遍世间无瑕的景致，领略了纯粹的孤独，漂泊。晚安！最长的路。晚安！他乡明月。

旅馆的单人间，尽显夜晚的怅然。放一首古老的歌谣，准备在又一处异地入梦。听说北京明天要下雪，一切都好吧？故乡。今日与往昔截然殊途，窗外陌生的夜风吹拂着。内心的无畏、安然告诉我：你不再是孩子了，从十八岁起，一个人走天涯。

2016 年 11 月 21 日

西 部 小 镇

我习惯在晨曦初至时分自然醒来，一睁眼，才明白我们昨夜抵达了邻近大峡谷的最后一站，弗拉格斯塔夫。日出刚刚揭开夜幕的笼罩，小城终于露出了清晰的模样，它的模样太亲切了，像极了我的大学城埃姆斯，而且这里也有一所州立大学。弗拉格斯塔夫位于亚利桑那州北部，坐落在圣弗朗西斯科山脚下，它还有一个诡异的绰号，叫作"暗天之城"，其实确切说，它是一个遥远的西部小镇。清晨的街道上人烟寥寥，不超过三层的小楼错落有致地排列在街道两旁，两座高耸的哥特式艺术风格的教堂，尽显出神秘、哀婉、崇高的强烈情感。酒店前面有一座土山，上面零散地点缀着几棵树，树的叶子还是绿的，凛然不顾冬风的催促。最有趣的是，山上有几座尖顶小房，参差不齐地矗立在山峰上，谁住在离云那么近的地方呢？

在这样一座似曾相识而又陌生小镇里，我忍不住徒步畅游一圈。几个便利店聚集的地方便是最热闹的街道了，一不留神就走到了略显荒凉的蜿蜒土路，只剩孤零零一座小房和成片空地，呈现出村景。几只黑色的乌鸦悠闲地从头顶飞过，懒散的老家犬趴在地上打瞌睡。从小店出来的老奶奶们分别手提两只塑料袋，蹒跚地走回家去，脸上自然流露的笑意间看不出沧桑辛劳。这里没有前天拉斯维加斯的繁荣华丽，也没有昨天山路的荒芜，只有淡淡的人烟，淡淡的闲适。一辆载货的火车从山脚下盘旋而去，听这轰鸣声也不觉嘈杂，反而为小镇带来一番生机。朴实无华的街巷里，住着一群朴实的居民，发生着朴实的故事。可惜我只是个过客，行囊都来不及打开的过客。

再逛到砖墙红瓦筑成的商铺连片的地方，更凸显出小镇的精致。陶瓷店，服饰店，小食品店，整洁地坐落在街边，进出的人稀少，更显惬意。晌午一点时分，一切都还不晚，像是与这座城最般配的时刻。停泊在此时此地，穿梭在欧式尖顶的小楼间，我陶醉于西部小镇的风情，思绪泛滥，想作一首小诗，想挥笔写一篇散文，更雄心壮志地发誓要写出一本记录每次旅行的游记。

记忆被风勾起，浮想联翩。我想起小学六年级暑假去新加坡游玩，被姥爷教导一定要养成写日记写游记的好习惯，当时年幼无知不以为然，也不明白有何深意。尽管不情愿却还是提起笔，用稚嫩的语言勾勒出一道道童年风雨后的彩虹，记得写过两三篇之后竟然爱上了写作。一个多月的新加坡假期难免会有无聊的日子，我便常坐在桌前写着幼稚甚至有些风趣可笑的作文和打油诗。漫步在新加坡的雨中，各种思绪纷至沓来，在十几岁的懵懂中，我与写作开始了一份长久的契约，便一路写来。回到北京家里，作为独生女，经常一个人在家孤独寂寞，我便开始品味孤独酿出的灵感，再把灵感化成一首首诗歌，这是我初高中时最爱做的事情了。十七岁那年我把写过的诗歌编排成一本诗集出版，书中记录、倾诉了我所有朦胧的时光。之后来到美国留学，一部分原因竟是想为写作寻觅远方的灵感和思乡的情怀。旅游也好，念书也罢，少年游既然游到了远方，用思忖撰写游记是必不可少的，"流浪作家"的梦从脚下开始。

走累了，午后回到酒店睡到傍晚，从梦中醒来后发觉六点的天空渐入夜幕，推开门嗅到了雨的潮湿，"下雨了！"我不禁兴奋地站在阳台看了许久小雨纷纷，看陌生的雨水落在异乡的大地上，泛起一圈一圈的波纹。几分初冬的冷涩穿透心坎，雨总是带来难以言说的伤感，却召唤我不自觉地走到阴沉的门外。住店的游客似乎都匆匆地赶回来，逃也似的跑进屋。我却回房间拿了把雨伞，毅然走进雨中，走到长街上漫步。雨中的小镇更是空无一人，连汽车的鸣笛声都听不见了。蒙蒙细雨仿佛来自陈年，来自遥远的童年，唤起我绵长的思念。我漫无目标，不知走向何方，向故乡，还是向更远的地方？手机里的音乐自动跳转到民谣，沉浸在眼前的烟雨小镇中，我更加无悔远行。

又是一个夜晚，住在西部小镇的酒店里本想早早入睡，我已经对着夜色道过晚安。忽然发现朋友圈里热闹起来，有朋友发了北京初雪的照片，我睡意全无，望着窗外的冷月，望着，天地愈渐朦胧，那是泪水模糊了视线。北京的雪，飘落在我望不见的远方，对于现在的我，故乡已成为远方了，可是一片片雪花的温度却贴近我心头，温暖了我。北京城的雪景顿然飘到我眼前，我伴着泪水写下：

闻说北京雪

闻说了，北京雪
闻说了京城那一夜
阑珊星火被雾色熄灭
冷涩的寂寥缀满长安街

闻说了，都城雪
闻说了远方冬时节
故宫梦回百年煌
北海的酒吧孤人停歇

闻说了，陈年雪
闻说了旧地霜染月
故人为何你无归
南站接客的轿车排了长长一列

闻说了，故园雪
闻说的乡貌你可曾忘却

离人慢些走，旭日东升的太阳
刚为你扫清家门前的石阶

闻说了，故乡雪
闻说了那游子望不见的皎洁
闻说，闻说，不似当年
我就在西单站口，踏遍雪夜

　　窗外童话般小镇的夜晚，载货的火车发出古老陈旧的长鸣声，又一列火车驶过去。我仿佛听见好友离开北京故乡的客车刚刚启程，我真切地看到了她眼中的泪，那是我们共同的去国怀乡的眼泪。北京的雪，在刚启程的好友身后下了一整夜。明早，我们这一队旅友还要继续前行，向北向西，直奔大峡谷。

2016 年 11 月 22 日

科罗拉多大峡谷

　　不知从何时起，通往远方的路总会小雨沥沥。我们顶着厚重的云，向科罗拉多大峡谷的方向驶去。悠悠移动的乌云不足以遮盖整个天空，一缕缕蓝时而偷偷溢出，像一道天上的河流。天边是亮的，不久乌云就散去，雨敲打车窗的声音仍是那么清晰。听到这样的声音，要么是上学时坐在赶往学校的车里，要么在乘车旅行的途中。雨时大时小，雷电在刹那间从车窗前闪过，模糊地记得是蓝紫色的。旅行的路上，瓢泼大雨里我们也是自由快乐的。科罗拉多大峡谷，一个我从未去过的目的地，提起它的名字，心旷神怡四个字早早刻入心田。

　　即将抵达时，车开进一个幽静的小道，前方竟飘起了雪花。异乡也下起了雪，冬天便不再荒凉。离乡后初逢小雪飘扬，竟是在大峡谷附近，不禁想起高中时最爱的那首徐志摩的诗——《雪花的快乐》："不去那冷漠的幽谷，不去那凄清的山麓，也不上荒街去惆怅。飞扬，飞扬，飞扬，你看，我有我的方向！"路两侧的雪地一片凄清，没下多久的小雪，已将土地和枝干铺上白白一层。久盼的雪来了，久盼的梦，我也来了。终于，我们下车走近那闻名天下的大峡谷，小心翼翼地接近这番壮丽奇观，这个相逢的长梦。雪花悠然地向峡谷飘去，飘向它的云端，悄然送去雾色一片。在雪天的衬托下，峡谷显得更加朦胧神秘。高崖上，远山云雾似乎与我们齐高。峡谷还在沉睡，崖边的几只小麻雀是这里唯一的生机。我们守候在这里，等待天晴。

不知过了多久，云雾忽然散去，雪花也停止了飘洒。这时，峡谷才刚刚苏醒，露出清晰的样貌。一望无垠的广阔震撼在每个游人心里，深不可测的石层镶嵌着停驻的浮云，没有源头，没有终点，只缘身在此境中。在这静谧的尘世外，连树叶都未随着初冬的寒涩老去。异乡远离人间喧嚣的一派风光，比仙境壮观，却不乏幽雅。冰冷的灵魂全部在峡谷里复苏，在这里永恒地漂泊了世代。我第一次深切体会到何为永恒，那是一种无视岁月流逝的傲气。遥遥望去，这番蜿蜒曲折，层层叠叠着多少世间事、人间梦。俪道元的"重岩叠嶂，隐天蔽日。"诠释着这里的精髓。峡谷的尽头还是一片无羁的魂魄，隐隐诉说着远古的岁月，和遥不可及的未来。峡谷漫无边际的怀抱，一揽今朝梦。

跟随三三两两的人迹向前行，停在一处处景点观赏后又继续赶路。蓦然回首，轻舟已过万重山。驻一处险峰，站在崖边远望或是席地而坐，冰冷的石块让我沉迷在大峡谷的体温中。"只在此山中，云深不知处。"站在崖边上，瞭望异国的山川美景，远方无尽头，此刻我就是我自己，峡谷上的年轻人，享受一刻轻狂，世俗的喧嚣不存在于这里。我就是我，自由地做着一场天马行空的梦，听不到闲杂人的碎语。我在这样的年纪里，在这番良辰美景中，轻狂到谁也没有资格定义我，只与自己的心情为伴，思想徜徉自如。对岸那一抹忧郁的虹，淡淡地消失后又默默浮现，踏风远去，徘徊于峡谷的灵魂深处。乘云而行，顺着岩层的盘曲可望尽峡谷每一个角落，把一念彷徨留在这里，也把忧愁撒在这里。把所有豪迈献于天地间，未饮先醉，半醉半醒在天空的彼岸。

这里溪流不多，只寻觅到一条细细蜿蜒的河流，静静盘旋在岩层间。这或许是一条最澄澈自由的溪流，碧水轻淌，没有人迹的侵扰，为数不多的游客难以在广阔的峡谷间发现它的存在。我不忍心打扰它的安宁，拍下它孤独的倩影后便匆匆离去。游客中的本地人，此刻会否为自己家乡的美景而自豪呢？它那么宏大壮观，傲然坚守在世界一角。冷雨又渐起，旅游巴士继续在峡谷旁的长路上前行，中国古文名句回响在我脑海中，仿佛眼前的风光是从旧时语文课本中流淌出来，从前读着它的样貌在梦中幻想，隔山隔水远远眺望，梦的尽头真的是这般壮丽辉煌。原来中华博大精深的语言，可以诠释世界的万千奇景。想到这里，不禁想起祖国的山河风光，十八年，无暇看够自己故国的好山好水就仗剑西行，远游他方。惋惜中，许下一定要畅游长江、黄山，游洞庭湖、观钱塘潮等等旅行誓约。他乡山水好，丝毫不减我血液中流淌的家国情怀。

午后忽然冷风萧瑟，许多游客选择留在车上。我们却顶着寒风毅然前行，冷雨风霜刺不穿年少的傲骨，无限风光在险峰，在崖边路旁，我们不负青春的潇洒自豪，无拘无束，无所畏惧。这时的大峡谷时而模糊，时而被风吹去阴霾清晰见底。在世界奇观面前，所有语言和感慨都显得苍白无力，顿时无限遐想涌进脑海。这里的夜晚有星星吗？还是亭午时分，也难以恰逢曦月？据说雨会一直下，从日落到明天的日出。

大峡谷之行，震撼了我平静许久的心海，在异乡的过往中刻下深深的印记。科罗拉多大峡谷，这一世，我在十八岁那年见过你，从此不畏天涯路，从此不枉选择的远行。多年后时过境迁，人生继续，无论我身在何方，都会想起这一年的初冬，雪中大峡谷的曼妙壮丽。归时又是一路雪途，无论远行到哪里，终有一归。等雪落遍整个北方，甚至南方，我就该归乡了。

来日方长吧，大峡谷，还有那颗徜徉在大峡谷之上的心。

2016 年 11 月 23 日

无限风光在险境

纪念碑谷在亚利桑那州和犹他州交界处，属于纳瓦霍族保留地。据说这是个游戏的名字，还有许多有趣的传说，给人一份神秘感。我们被好奇心驱使，赶了很长时间的路，去这古老的地方一探究竟。刚刚启程的长路上依稀看到两座银色的雪山，在很远处，衬托着前方蜿蜒盘旋于山上的公路，像一场诗情画意的梦境。路基很高，有几辆车停歇在路边，乘客游人都在拍照。公路上车不多，有时一片落寞荒凉，我们却义无反顾地前行。突然一个大大的急刹车，惊恐中的我伸出头去看发生了什么事，只见一只长着杂乱长毛的黄色小土狗悠悠然地溜达着过马路，丝毫没有挡了道的愧疚，也不谢司机的"不杀之恩"。阳光正好，天朗气清，旅途处处逢趣事，最快乐莫过于"在路上"。

三个小时的跋涉，终于进了景点，车开进坎坷漫长的土路，颠簸着前行。陡坡随处可见，有时两边就是深不见底的沟壑。第一次走这样惊险坎坷的山路，尽管失魂落魄我还是感觉兴奋刺激，没有一两分惊险我才不觉得有趣，颠簸中我向远望去，天色还好。终于，我们被高高的巨石包围了，它们形状各异，千奇百怪，有的好像一座废旧的金字塔，有的是规规矩矩的长方形，有的尖尖地伸向云端"开剑"，有的竟像一只鸡腿。我举着手机，想拍下这般宏伟壮观的景象，却发现照片里的效果远不如深入其中的视觉震撼。爬上巨石堆也不如山高，窥探谷底却不觉峡谷的幽深，然而仍为崎岖的山路和形态各异的大石头感叹。车继续颠簸着前行，在每个不可忽略的景点都停驻一会儿。下车深吸一口清新的空气，险境中的怅然莫名涌上心头。有时你安然身在故乡，有时你却身处陌生的异地，有时竟深陷于险境。我又站上巨石堆，看了一眼被远处巨石半掩的游云，转身回到车里。有几匹马儿在路边溜达，他们在这世界奇观的山谷中，优哉地甩着尾巴。

　　行车途中，我看到一位两鬓斑白的老夫人，手里拿着一位白发苍苍的老爷爷的照片，只是照片被剪成了人形，没了长方的形状。老夫人紧抱着照片，面无表情的脸上却能看出一丝愁容，一抹忧伤。她就这样孤身一人蹒跚地穿过坎坷的石路，除了被我发觉外，没有旁人的目光注意到她。我不愿去揣测别人的故事，这世间的故事太多，或悲或喜，怎感慨得尽呢？纪念碑谷，可否纪念一份海枯石烂的感情，一段难以忘怀的往事，或者纪念历尽沧海桑田的生命？风沙吹旧了年岁，暴雨腐蚀了古老的魂魄，挥之不去的却是思想的灵魂，是旅人们在这里许下的誓约。这些大石头们，更是千古奇观，在世界的角落里傲然耸立。

　　午后，为了赶到更远处的景点去观日落，我们匆匆离开了这闻名退迩的纪念碑谷，我这是第一次为了看一场日落而赶路。到达目的地后我们登上一座小土山，山不高不陡，却要走近二十分钟的路。许多人着急小跑着上山，因为日落的华美很短暂，不抓紧时间就会错过。"攀登高峰望故乡，黄沙万里长……"手机自动播放到了这首歌，苍凉地回荡在耳畔。坐在傍晚时分的山间，总会对故乡一往情深。太阳正要落下，把相机架在崖边准备拍照的摄影师，趴在地上拿着相机找角度的老夫妻，还有被父母紧牵着手防止走近崖边的孩子们，皆成为日落时刻的一道风景。找一处离天最近的山崖，席地而坐，往下看是水已干枯的湖，蜿蜒的形状却让它的生机未褪。远空的霞光隐隐溢出，坐在险处的我，却迫不及待地拥抱这份心旷神怡。

　　日落悄然降临，遮盖了人们身上的颜色，剩下黑黑的影子。或许此刻，思绪才是最重要的角色。崖边虽然陡峭，我却出乎意料的淡定自若。不知梦了多长时间，能坐在崖边看日升日落，看整个世界被彩霞笼罩，然后开始思乡，开始追忆，直到第一颗星辰出现。日落尽了，远空终于泛起霞光，此刻心境和土地都没有了灰尘。慢些前行吧，每个旅人，都不要错过，也不要挂上泪痕。霎时霞光万丈，血红轻浮，淡蓝中夹杂着一抹紫，肆意地绘在天边，自由又哀伤。晚霞慢慢延伸，向着每个人家的窗前，向着我们来时的路，向着故乡的方向，向着我敞开许久的心扉。我迷醉在山崖上，诗意醉意比酒还醇。任何的美丽都不肯留步，暮色渐息，一天也就这样即将沉睡了。朋友，如果你有思念和迷惘，就去看落霞吧，它不一定能抚慰你，却会为你停留一刻，在某一时分。

在一个中餐馆吃的晚饭，熟悉的米饭、面条、清汤，一个青花瓷图案的碟子。有万分欣喜，又有那么一刻倍感黯然神伤。夜晚我们又走了很长的路，人烟比北京的星辰还稀落。中国餐馆的标志在黑夜里闪闪发光，照进我的心中，照亮我的路。明天还有一天的行程，不，还有一生的行程，虽然充满未知，我却希望是长路。夜深人静，时间已经很晚了，我摘下今夜星星的话，结束了匆匆赶路的这一天。

2016 年 11 月 24 日

羚羊谷的秘密

　　此次旅游的最后目的地，我们还是选择了一个神秘莫测的，曾经认为太遥远的地方。世界奇观之羚羊谷，位于美国亚利桑那州最北部，因为有野羚羊出没而得名，据说是由百万年的各种侵蚀力形成的夹缝型峡谷。也许天性使然，我深深向往这些能找到刺激的自然景观。一路上的景色类似前几天，只是厚厚的云层变成了一道道，与山交织后渐渐淡去在尾端。

　　游玩了多日后不免疲倦，我不得不在车上闭目瞌睡。直到买完票坐在景点的观光车上时我似乎还没睡醒，所以也没能提前为羚羊谷之行做功课。观光车开在沙漠般的荒芜中，一路颠簸。几只懒散的羚羊趴在路边晒太阳，潇洒地冲我们抖抖犄角，仿佛在宣示这个峡谷是它们的领地。下车后，眼前的景象着实让我一愣，这不是高中地理书上的图片吗？柔美的褐色条纹肆意互相缠绕着，只有些许的天光露在头顶，像万花筒中交织变换的图景。

不可思议，曾以为高中地理书中炫美壮观的图片离我们太遥远，永远是可望而不可即。我还曾被它们勾起灵感，在地理课上写下几句惆怅缠绵的诗句呢。今天走近眼前的羚羊谷，轻抚着石上的尘土，感受它清凉的温度。我来了，我真的来了，我从摆放画着知识点的地理课本的桌前走来，我从那段高中时光走来。

最令人惊讶的不是它那红沙岩石梦幻般的外表，而是它与光线融合时交织出的丝丝曼妙。不愧是世界顶级景观，像我这对拍照摄影一窍不通的人，拿起普通的手机随意拍下的都是画。这里是摄影师的天堂，架着照相机的旅客摩肩接踵，整个山谷里，他们不忍错过任何一处神奇的纹路。导游忽然让我把手机递给他，我一脸茫然地瞬间把手机就给了这个面目和善的大叔。他把我手机里的相机功能调成铬黄模式，对着一小块岩壁，用手酷酷地挡了挡光，拍下几张照片后，把手机还给了我。定睛看着这些照片，我顿感惊诧。这一小块还不如人头大的岩壁，居然拍出了太阳落山，余晖时分的光景。这一路，导游大叔为我拍的照片里，有蜡烛的形状伫立在谷中，有龙的轮廓俏皮地在岩壁上爬着，与其说这是一座山谷，不如说是一座奇妙小镇。每块褐色岩壁上与光相遇，都会被光揭去暗色的面纱，在世人面前大方地诉说各异的故事。

线条勾勒出岩石的千古岁月，盘旋交织着时光流逝的足迹。柔美精细的纹理浸透大自然的玄妙。褐色岩石的神秘灵魂震惊了世界，深深刻入每位游客的心中。除了所见所闻的，我想它一定还有不可知，不可发觉的无数秘密，无论是来自曾经，还是将出现在未来，就尊重它的秘密吧。无论外面今昔是何年，岩石就在这片静谧的沙漠上安然沉睡，任凭世间万千变换。有些事情不一定全要弄清楚，留一丝畅想和向往，为这个世界，为心间某个空灵诗意的角落。旅行的意义不止于放松身心，沉浸于娱乐，更多的是让人敞开心怀拥抱世界。大千世界有那么多从未听闻从未所见的奇妙，站在山间高歌一曲，站在海岸吟诗一首，你怎能不爱这与世间相逢一场的人生？

我们一行人重返了来时停驻的第一站拉斯维加斯，准备明晨从机场返航。夜深人静时分，我一人出门漫步在这座灯火通明的繁城中，我和城市都没有睡意。脑海中循环着一句歌词"城里的月光把梦照亮……"这座城，应该藏着太多梦吧？喧嚣中，路过一家M&M豆巧克力的主题店，炫彩的图案、趣味的小造型映入眼帘。颜色多彩、表情各异的卡通M豆俏皮地摆满柜台。我最敬佩两种东西，音乐家的才情和设计师的创意。这一家趣味小店，蕴藏着设计者多少才华和灵感呢？他们以思想为画笔，绘出一个个生动的图案。看似幼稚的卡通物件，仔细观察体会，会发现太多玄妙和智慧。

在城市的车水马龙间，旅人即过客。与我擦肩而过的人中，不知有多少过客在漂泊，有多少原乡人在这里栽种下人生故事。明天该返程了，返回我离家后停驻的大学城。再过三周后，我又将返程，返回我久别的故乡。

2016 年 11 月 25 日

收　获

　　这些天，从繁华都市走向荒山郊野，又跋涉到小镇和幽静的深谷。走到了内华达州、亚利桑那州、犹他州，望遍闹市的繁荣，小镇风光的惬意，科罗拉多大峡谷的壮观，还有纪念碑谷和羚羊谷的玄妙神秘。连接这漫长旅途的，是几条孤独、荒凉却通往云端的公路，公路引领我们从一个州走到另一个州，跨越了时差，跨越了风景。漫漫长路承载着一辆奔波的车联结在我心中，待厌倦了尘嚣，就重新上路浪迹天涯，哪怕是梦一场。我吸吮了拉斯维加斯的自由，科罗拉多大峡谷的情怀，弗拉格斯塔夫小镇的优雅，纪念碑谷的神秘，还有羚羊谷带来的震撼。

　　返程的飞机在拉斯维加斯机场的跑道上开始滑行，一个穿着黄绿工作服的人站在庞大的客机下指挥。日复一日，不知他这样送别了多少远行的乘客，也不知每位拖着行囊坐上飞机的人，是这座城里的故人，还是像我一样的过客。又一次，经过震耳轰鸣的加速后，飞机起飞了，向云端飞去。这座城，渐渐消失在视线中。这几天，看过不少飞机从头顶飞走，我总爱盯着它们看，直到完全消失在眼前。心底的一丝伤感随着机身后那道白线被拉得好长好长，或许客机总象征着一场离别和一次归去吧。我在靠窗的位置俯瞰城市，城市里会不会也有人仰望这架飞机，然后说句再见呢？等归去，这里的一切又变回远方，这里依旧发生着属于这里的事。我的视野之下，楼房变成一片小方格，山也变成了皱褶的布，一条河流变成细长的伤痕。每当看到这景象，就是对一座城，对一次旅程说再见的时候了。

离云层近了，就抱紧了远方。远方和远方的衔接是一片片圣洁的云海，无论下方地面又是何处，都被雪白的云屏蔽了模样。跨越一座云城，你就能抵达目的地了，或许是旅行中的海，或许是故乡。与我同样离乡的友人说，或许她该选择风景更美的地方，比如祖国大西北壮阔的天地。是啊，世界那么大，有南方诗意的水乡，有北方落雪的柔美，有西方文明的人文风情，也有古老东方文化的博大精深。可惜我们只能选择一处常驻，但我们的心是不停的，跳动着守护我们的生命，同时也前行着，丰富着我们的灵魂。背上行囊，世界的每个角落就在前行的步伐间流淌，无论你去近水楼台处的短旅，还是远走高飞。

从某种意义上说，这是我人生中第一次真正的旅行。一路上辗转了三次酒店，跨越了三次时区，完成了一场"漂泊之旅"。昨夜停泊于小镇的孤独，天明遥遥到山谷。第一次有人在QQ空间里对我说："看了你的随笔，你真的体会到了旅行的意义。"

我简单梳理了一下这些天的游记，字数一万多，七篇游记是我带回的最珍贵的纪念品。旅途让我敞开沉睡已久的心绪，挥起封存的情怀之笔，我用钟爱的文字抒写点点滴滴，记录下的不只是风景，也是心境和潺潺思忖。"游记"不止属于远方的那些奥秘，壮观和心旷神怡，它也属于那些平凡无奇的生活，属于寂寞摇曳的一片叶，属于晌午徜徉于路边的一只松鼠，属于心中的一缕波澜。

我开始喜爱用散文和游记抒写心情，而不局限于用朦胧的诗句掩盖清晰的思考，这是我第一次西部旅行的最大收获。总有一天，我将走遍世界，走遍每一种心情，走遍人间与世外桃源。有些风景要去远方看，有些风景要低头驻足寻觅。一次旅程结束了，可人生的游记尚未写满一页。在人生路上行走着，就是旅行，有归来也有远去。

2016 年 11 月 26 日

密西西比

旅行的日子，天空如心情般晴朗。从大学城出发，前方总是旷远蔚蓝的。秃枝镶嵌在白云间，像是深冬最后的灵魂。那些一如既往葱郁的树注视着启程远行的游子们，摇曳在初春的清晨里，像旅人的心境，无忧无虑。

乘着小车的旅途，风景如画，从高速路两旁广阔的玉米地，到排排尖顶小房筑成的小镇，我们穿梭在美国中部的城镇乡间，这里有一片肥沃的热土，这里有美国的大粮仓。小城都与我们的大学城埃姆斯有异曲同工之妙，却又多几分宁静安详，配上一空洁白的游云，小城总能给人带来童话般的幻想。这里的暮冬一定是一片凄清，晚上有月光和漫天星海相辉映，如雪一样坠在屋檐上，坠在望乡人的心头。除了星月之光，闪闪发亮的还有圣诞节没用完的蜡烛，暖着这里的故事和生机。每座小城都格外寂寥，开车几分钟就到了它们的尽头，这么短的路程中却有不少便利店、学校，还有小片绿化林。"择一城终老"，这里能满足每个向往静谧生活的老人的梦吧？或许命运属于这里的人，会在诗意与缄默中，度过生命的朝花夕月。我们的车不能停泊，因为还有远方。我只得把瞬间的幻想定格在心底，因为还有大千世界。

带着未知远行，神秘莫测的行程才会有惊喜。我终于望见那条世界第四长的古老大河——密西西比河。小时候，在语文课本中见过它的名字，读过它的风光，大概知道这是一条声名远扬的世界名河。我对于地理位置和模样没个准确概念，读万卷书不如行万里路，先下车领略一番再说。河畔用无数块石头堆积而成，这里的天气依然寒冷，荡漾的水波仿佛呼唤着春意，想必这里的春天一定很美。河流的这一段并不像其大名那样波澜壮阔，但以它源远流长的身姿，纵贯无限风光。我只遇见大河的这一小段，对于密西西比河广阔的流域来说只见九牛一毛。眼前的密西西比河比很多湖泊显得安详、沉静，远处是水天一色波光粼粼，望不到边际。我想看"孤帆远影碧空尽"，更想看到它浩荡的身躯，可是这一段的密西西比河，它含蓄的气质似乎只适于神驰，只适于静静瞭望。它从北部源头艾塔斯卡湖流出，时而汹涌澎湃，时而平静淡漠。它从我少年时的课本中流出，终于真实地流淌在我面前，让我吸吮到它的生息。我耳畔回响起了那首古老民谣《老人河》苍凉哀婉的旋律：老人河啊，老人河，你知道一切，但总是沉默，你滚滚奔流，你总是不停地流过。

我与密西西比河仿佛一见如故，千言万语难以赞颂她古老妩媚的神韵，她宛如一条纽带，凝聚了美国中部所有浓郁质朴的原乡情怀。四月春暖花开，我又和大学的伙伴们来到密西西比河岸边露营。又是一年秋正浓，我们再访密西西比小镇。恍惚间我想起那句歌词："春心泛秋意上心头，恰似故人远来载乡愁。"密西西比的秋日别有风情，我止不住心中奔流涌动的秋歌，任凭它倾泻而出：

密 西 西 比

与你，缄默在深秋，
游弋在密西西比。
不谈丹枫的零落，
不提夕晖的消弭。

要比沉睡的小城沉默，
要比日光的尽头荫翳。
这样才听得清心愁，
听得清秋风的彻日不息。

与你，缄默在深秋，
游弋在密西西比。
不说热忱的青春佚事，
不想凛冽的月落乌啼。

要比层层叠叠的枫儿磊落，

要比姑娘漾起的纱裙恣意。

这样才读得懂十月，

读得懂枝叶为何不畏分离。

与你，缄默在深秋，

游弋在密西西比。

不讲前尘的惋惜，

不论余生的希冀。

就缄默着，

要比海枯石烂诚挚，

要比风花雪月迷离，

与你，游弋在密西西比……

　　横跨在密西西比河两岸的那座美丽大桥，车来车往。我心中印刻下属于密西西比的一份情结。随着成长，我还将走更长的路，还会看到更多风景名胜，都将无法冲淡伴随我大学时光的，与我结下四季深情的密西西比。

　　继续向前就要到伊利诺伊州了，我对美国的州界也没太多的概念，只知道车已经开了很远的路。这是我第一次坐那么长时间的小车，真切地体验到何为漫漫长路，可这长路对于整个世界来说是那么短。几个小时的车程已经路过城镇乡间，路过湖泊长桥，那么，十几个小时的客机会飞越多少千山万水呢？我乘飞机十几个小时穿过云海，从故乡来到异乡，数不清的江河在两地之间日夜流淌，数不清的群峰在两地之间山花遍野。其实相隔的不只是万水千山，更是一去不复返的岁月和心境。当从异乡再到异乡时，才发觉从前真的远了，眼前只有陌生的风与陌生的时光，还有脚下的路。

等暮色缓缓落下，马不停蹄的行程有了着落。芝加哥的夜幕掩盖不住闹市的繁华，灯红酒绿的街头，夜晚全城灯火通明。古老的建筑在汽车奔流间毫无违和感，大城市的汽笛让沉静许久的心田也跟着喧嚣起来。从幽静小城的公路穿梭到楼顶遮蔽了天空的都市，人海茫茫，高楼耸立，一时间竟迷惘自己身在何方。灯火辉煌车水马龙的城市，我想俯瞰，也想穿梭。我时而回味曾经的安宁，又神往这里的轰烈。这座城的故事，等晨光熹微时再娓娓道来吧。

晚安，今天与我擦肩而过的每一处风光，每一阵风，每一刻的思量。

2017 年 3 月 11 日

漫步芝加哥

　　待阳春三月，天朗气清时，就离开停驻了很久的小镇，去看人潮熙攘的繁城都市吧。踏三月春城，不见落花风絮，春天的良辰还未到来，街上摩肩接踵的人们还穿着冬装。久仰其名的这座大城市中心比我想象中还要繁华，高楼林立，车水马龙，喧嚣声中不见天际。芝加哥，这次我不是为转机而来，我终于真的走进了它的气息中，在其中漫步，不见游云和野草丛生的小路。

　　渐远渐弱的轰鸣声是飞机从天空划过，十字路口满目的人潮涌动，根本没有驻足思忖的工夫。据说今天是圣帕特里克节，只知道每年的这一天人们都穿上绿色的衣服，戴上绿色的帽子，在大街上游走庆祝。沿滨河步道看去，河水被染成了绿色，无辜地随着轻风缓缓流淌。游船在绿色的水中前行，不是落寞的孤帆远影，也并非宛在水中央，这里的景致颇具现代风格。在人们的笑语中，在千奇百怪的装饰里，象征着宁静与孤独的湖水和船儿与大城市的欢悦融为一体。

在一座陌生的繁华都市里漫步，迷途的不只是方向，或许也是心田。小镇埃姆斯在心中栽下的一份清宁，被嘈杂的汽笛和人声鼎沸消磨得无影无踪，这种反差就像到了另一个世界。有所畏惧却满足了向往的刺激，尘世人间大抵如此吧？有一片村庄的安宁祥和，有一座繁城的热闹轰烈，也有山水之间的心旷神怡。不愿作诗，也不想听一首慢歌，发觉我被现代都市拽入它的节奏中，只得沉浸于其中。有时像狂歌热舞中的人们一样开心潇洒，有时像孤独的旅人，在喧闹中更显落寞寂寥。曾经我是故乡的原住民，在熟悉的四面八方中不紧不慢地过着生活。曾经我是从未独自远行过的少年，曾以为家门口被树荫遮蔽的小路就是整个世界。曾经怎会想到，不久将来的某一天，我会停留在全然陌生的城市，试图潇洒地游荡，彻底远离了从前的安逸。当你独自踏入陌生城市的第一步起，岁月就开始了崭新的一天。

跟随地图的引导，我们找到了约翰汉科克大厦，这座大厦之上有世界独一无二的倾斜观景台。买票进入后，我们好像昏头昏脑地瞬间被带到了九十四层楼。电梯门一开，眼前整个城市的样貌一览无余。这是我第一次站在那么高的楼上，俯瞰一座大城市的身姿。有同伴惊喜地大喊，有人缄默着凝视窗外。尽管惊险刺激的感觉战胜我的"恐高"，我还是不敢靠近封闭式的、整体落地并向外倾斜的玻璃窗。窗下是著名的密西根大道，一望无际的密歇根湖，据说赶上晴朗的天气，周围的四个州都能尽收眼底。我看到千姿百态的摩天大楼密集地排列，数不清的楼宇，数不清的窗口，街道上的车辆都微缩成小蚂蚁了，仿佛整个世界都装进了我的眼眸。每个生活在这座城里的人，或者游客，都沐浴在这都市的风景之中，这里是最繁荣的人间天堂，是浮华的大千世界，万家灯火各有故事。此刻我在离家最远的地方，却是离天空最近的地方看世界。

更令人望眼欲穿的，是那如同大海般一望无际的湖泊，我曾乘着飞机与它擦肩而过。水天一色的大湖，终于稳稳地定格在眼前，微风吹起轻浪，在湖面上荡漾，洗涤着尘埃。在这座喧嚣浮华的大城市一角，竟有一处蓝色的仙境点燃了诗意。我吃着冰激凌，在靠窗的位置静静赏景，一叶小舟在惬意的晌午悄然摇曳在湖泊中央，它似乎想远行，又忍不住歇息一番。在浩大的湖泊中，我看不清它的模样，却忍不住为它编织诗句和故事。

平凡的人们，趁着年华未老，和我去离天空最近的地方看世界吧，尽情吸吮那人文与自然的恩赐。我徘徊于高楼之上，久久不舍得离开，想等余晖迟暮，想待下一个深秋到来。我想站在这样的高度，看够四季，看遍世间的所有风光。那时，生命会不会变成星辰，淋漓尽致地在夜空中发光，在下个清晨到来之前，不留遗憾。时间已晚，我终究还是回到街道的人潮之中。人生而平凡，终归属于大地与泥土。凌驾于天空间的轻狂与自由，转瞬即逝。

等暮色彻底降临，我们就去看芝加哥的夜景，灯火通明的繁城似乎永远不会沉睡。黑夜的到来，只是为了让它的生机更显明亮。月光被高高的楼顶遮挡，仰首也难以寻觅，远处码头上的摩天轮，始终陪伴城里的星星泛着光明。不夜城中有音乐与酒香，有点点灯光筑成的高楼大厦，一排排高耸入云，仿佛把人间的风花雪月托到天空之中。相比小镇的淡雅静谧，就里是离天空最近的繁城。

晚安！又是一日的漫游，等旅人入眠后，不知这座城几时才能沉睡。

2017 年 3 月 12 日

唐　人　街

　　每次下飞机的那一刻，就浪迹到异国他乡了。若走到唐人街，就仿佛回到离家最近的地方。端着热腾腾的米饭，咂巴口乌龙茶，等夕阳西下，发觉生命已定格在遥遥天涯。每个独在异乡为异客的中华游子，都会向往路过一处唐人街，那是一条可以走到故乡的街。

　　中国式的建筑，中国式的店铺，还有路上擦肩而过的华人面孔。初入唐人街，仿佛一瞬间回到家门前的大街小巷里。挂着一串串中国字的精致小店，棕红色的楼阁，把我带回那些和好友漫步在北京后海的日子里。牛肉拉面、羊肉串儿、广式早茶，各类中华美食香气四溢，整个一条街没有一丝异乡的气息。十二生肖广场陈列着惟妙惟肖的雕像，有外国友人来到这里，似乎正在寻找自己的属相。中国文化、中国美食、中国游子，总之唐人街就这样在异国他乡的一角独显生机。

一位蹒跚踱步的老人，停驻在挂满中国结的店铺玻璃门前，不知凝视着什么，久久不肯离去。她脸上深邃的皱纹，怅然的神情，还有那老者独有的沉静，让我想起自己的姥姥、奶奶，和家乡小区里那些熟悉的老人们。她究竟为何背井离乡，是离家一时，还是离乡半世了呢？她那祖国的故乡应该很美吧，那里有没有她难以忘却，日夜缅怀的人与往事呢？望着她驼着背缓缓离去的背影，在异国的路上渐行渐远，我不禁为她唏嘘。她那迟钝的步伐已无力漂泊，但愿她余生还能再回去看到故乡，看到家乡的落花是否一如往昔，看到生命之根、血脉的源泉。

傍晚时分，暮色里的唐人街饭香飘溢。游走在吆喝声、中文广告牌之间，我总想寻找回家的方向，前方就是有夕阳的路，是我在故乡天天走的路，只要向着落日晚霞的方向走，就能找到家。唐人街，多像一条可以走到家的街，我忍不住走了几个来回，尽管这里终究是离家万里的异乡。等寂寥的星星依稀闪烁在大城市的夜空里，身在唐人街就如同回到中国一样，灯火通明照亮欢声笑语。饭店里依旧热气腾腾，人们小酌一番，在一天结束的时候歇息谈笑。一回头，明月已悄然升起，它仿佛被市中心耸立的高楼遮挡了，唐人街的夜空依然清晰明亮。或许只有这里的人们时常与月对饮，时常透过它的倒影思乡吟诵"举头望明月，低头思故乡"，"我寄心愁与明月，随风直到夜郎西"。月亮的寓意对于这里的中华儿女来说更加深入心坎。对月思乡，是我们独有的文化，也是独有的诗意与情怀。唐人街的明月点亮了全街所有的中国字、词、句，点亮了商店里的中国结，点亮了矗立在生肖广场的十二尊雕像，更点亮在思乡人的心头。

请问走多远才到唐人街？我要去回味久违的炸酱面和饺子香，再看一回月亮升起在故乡夜空的模样。请问走多远才到唐人街？我要穿过耸立的高楼大厦，穿过说英文的人潮，抵达那条恰似故乡的长街。芝加哥三月飘雪，雪盖满了棕红色的屋檐，像故宫的一角，像京城的一道风景。雪夜里的唐人街一片凄清，人们都沉睡了，只有东方古国的文化坚守在雪中，不见褪色。

你若思乡，就走到唐人街去吧，无论多远，无论多忙碌。那里的炊烟会为你指引东方故国的方向，那里的美食会为远在万里之外的你带来家的味道。一杯热茶，一碟中式小吃，等明月升起，等朝暮轮回。等着等着，就又想去远游了；等着等着，离乡的年华又添上新岁；等着等着，就该回家了。

2017 年 3 月 13 日

密歇根湖畔

看倦了大城市的繁华与人潮,忽然想看轻风逐浪的湖畔风光。便随着心念走到密歇根湖岸边的码头。据说密歇根湖是美国第三大湖泊,傲然流淌在芝加哥东侧,与高楼耸立的城市景观自然交融着,成为独到的风景。

这似大海般烟波浩渺的湖泊,我先从九十四层楼上俯瞰过它辽阔的容貌,也曾在夜幕降临之后,从远处眺望码头上与星月同辉的摩天轮。今天终于走近它,走近在暮冬里波澜不惊,却令人心潮澎湃的大湖。芝加哥的三月依然冷涩如冬,天却无比清朗,云层遮掩着蔚蓝的天际,泛白的波光与蓝天相映衬,让眼前纯净一片。走在湖泊的岸边,看到澄澈的湖水更是一尘不染,所谓湖天一色,心田也被洗濯了尘埃。靠岸边的野鸭成群结队,没有方向地游着,这时我才发觉,这里少见游客来访。野鸭们,湖上飞翔的鸟儿们,在这无人问津的市中心之外尽情享受着生命的自由。

　　湖岸边的码头上，摩天轮没有旋转，只在有风吹的时候被推着缓缓转动。寒意未逝，它就这样沉默着等春天来临。那时如同所有生命一样，它也会旋转出自己的生机，它的下面会排满前来乘坐的游客。无论旅人还是原乡人，无论是懵懂的孩子还是饱经风霜的老人们，它都会用旋转的身躯带着他们欣赏整座城的华美与独特的韵味。码头停泊着各式各样的客船、快艇，似乎懒散地在这里停靠了很久，好像停泊了整个冬季，它们等着再次启航，去接对岸等候归乡的人，去送即将远行的漂泊者。不知有没有人曾经乘坐这里的船一路跋涉，游遍千山万水，历经世间坎坷，待收获了成长与思绪，当厌倦了漂泊后再归来靠港呢？一阵寒风呼啸而过，我该继续前行了，只有停航的船儿留在这里日夜守候。等夜半钟声时分，还会不会有客船到港呢？

　　湖泊与城市像两个世界，一个喧闹嘈杂，一个沉静如诗。在这里漫步的人们，几乎都是独自徘徊的老人。他们走走停停，对着湖泊久久凝望后便离去，寂寞的身影消失在通往城市那条路的尽头。或许他们厌倦了城市的喧嚣，大街的簇拥紧迫与熙攘。或许高楼间的霓虹已被年轻人的气氛笼罩，一路长鸣的汽笛声中，震耳欲聋的嬉闹喧哗中，已经没有需要安宁的老年人的一席之地。从他们静静凝望湖泊的眼眸中，我仿佛感受到了他们心中的欢悦与慰藉，他们如同每个来寻觅诗意与静谧的人一样，也向往着湖泊般的潇洒与闲适。

　　若有一天，你厌倦了车水马龙的街头，就去湖畔岸边驻足吧，让湖面的风亲吻你沾染了灰尘的脸颊，让久违的旷远的蔚蓝填满浪迹于世俗的心田。发光的摩天轮会唤起你童年的记忆，自由的野鸭会告诉你世界上还有无忧无虑的生命。再见，密歇根湖畔，怡人的码头风光。这里的湖水会在朝暮间继续悠然轻拍岸边，如一曲古老的歌谣，任凭人世间有多少悲欢离合。我羡慕这份永恒的安逸，又情不自禁地走向繁城的轰烈中。

不久，我在这座城市的旅行就要结束了。我还记得穿梭在高楼大厦之间的地铁，新鲜又刺激。记得市中心的夜景，是这世界上最精彩最现代的人造景观；记得令人怀想故国的唐人街，亲切的乡音、亲切的炊香飘溢在心头；记得站在高楼之上的玻璃天台，那番心潮澎湃与无限感慨；也记得密歇根湖畔的慰藉与闲适。当积淀了岁月，经历过漫长的旅途，便不再畏惧遥不可及的远方。走千里路看数座城，长得见识深刻在心间，也多了诗与故事。我是旅人，愿做世间每一处的过客。远行还要继续，远方不止有远行的脚步，还有停泊时的思量和流逝于分秒间的沉醉。

2017 年 3 月 15 日

三月足迹

　　行一程，玩一城，只有继续前行，去做每一处的过客，才能看遍世间风景。哪怕只有短暂的停泊，看过了，走过了，便不再回头。只有无畏的漂泊者，才能一路向前，人生亦是如此。遇见不同的人，遇到不同的故事，过一段时光，然后匆匆道别，再奔向新的旅程、新的岁月。带不走的，就让他们终成彩色的记忆吧，不必黯然神伤地时常回首。或许他们的使命就是成为你途中的一季灿烂的山花，定格在照片中，留在回忆里。只要脚步不停歇，跟上时光的流逝，它终究会带你去看下一季风景。

　　离开了芝加哥，我们向印第安纳波利斯前进。从伊利诺伊州到印第安纳州，也跨越了一个小时的时差。印第安纳波利斯是一座中型城市，也是印第安纳州的首府，这城市中的楼不高不矮，不多不少，形态却颇具艺术感。对于来自北京的我来说，在美国的很多城市都容易感受到宁静。这里并非人来人往，也不是人烟寥寥，每条路上都有那么几个人在悠闲地徘徊着。没有大城市的喧嚣，也没有小城市的荒凉感，不禁羡慕起生活在这里的人们。我们来到士兵纪念碑，这是整座城市最值得看的景点。四方台上托起一座塔形纪念碑，雕刻得惟妙惟肖，细腻无瑕。几个士兵的雕像活灵活现地站在塔前，有的神态庄严地敬礼，有的一脸正气地持枪站岗。塔非常高，照相要斜仰着角度才能把它的全景气质装进镜头里。开着车把整座城草草欣赏一圈后，没有过多耽搁，我们又去往下一个目标，下一段旅程。

在沿途的酒店歇息一夜后，初春的晨曦又洒在旅行的路上。旅行的日子，心情总是明媚的，每刻的气息都充斥着新鲜感。我们不只是来到下一座城市，还进入了下一个州。俄亥俄州的代顿市，这里有一个全世界最大的航空展览馆，几十架各式各样的飞机陈列在眼前，令同行的男同学兴奋不已。他说这是他儿时的乐趣和梦想，看着他一次次开心地惊叹，我们也为他高兴起来。小时候的梦，再旧的梦，若是有缘，若你的步伐一直朝着春暖花开前行，天马行空的梦也会在某日某处实现，它会穿越时光来迎接你。虽然我对航空没有太多知识和兴趣，却还是被科技的发达与人类的智慧震撼了。肃杀的战斗机，有些机身上还贴着卡通图案，让人忍俊不禁。停在室外蓝天下的飞机似乎更逍遥自在，被阳光照亮的双翼仿佛时刻准备着飞向云霄，迎接自由与远方。

我们的车又奔向下一个目标，朋友对着渐渐消失在视线中的航空馆感慨道：再见了！一生只来一次。是啊！他还蛮有仪式感的，细细回首，太多地方一生只去一次，如不刻意造访、重逢，第一次即是最后一次。永别不只发生在生命的尽头，也在生命的过程中不经意间错过，有时并非来不及道别，而是想不起仪式。世界上那么多地方，我们不可能在每一处都埋下深情，但既然有缘路过，就有一念不舍的回眸。

下一座城叫作哥伦布市，这似乎是一座再普通不过的城市。俄亥俄州立大学就在这里，名校还是值得去观光一番的。开着车盘旋了一圈，风景不错，春假的校园都是静谧的，只有草木在随风招摇。没太仔细看，没什么特别的景物抓住目光，有几只与我们大学同款的野鸭在草坪中央懒散地晃悠。同行的一位朋友说他当初也曾想过报考这所学校，最后还是擦肩而过了。我们最终停留在哪一所学校，在哪座城市驻扎下这一段人生，皆是命运与缘分。这也是为何我们生来爱故乡，也会骄傲地说出所停泊的异乡的名字。逛了逛购物中心，又绕了一圈市中心，仅仅一个下午，与这座城市的缘分也就结束了。

辛辛那提是我们的下一站，之前对这座城市闻所未闻，以为是一座普通的小城。可当在高速路上看见隐隐的远山时，我们都兴奋起来。随着车子渐行渐近，城市的景物映入眼帘。我们沿着坎坷蜿蜒的坡路，开到一个观景台。山外青山楼外楼，朦胧的远山上，是密集的小房子，参差不齐地伫立在山坡上，成片地绘成一幅山水画。一侧有拱形长桥横跨两岸，桥下的湖水波澜不惊，另一边是高楼耸立的繁华都市。湖是长形的，好像望不到头，湖水在天空的映衬下绿盈盈的。一座桥，分开了山水小景与喧嚣闹市，这些景观竟同属于一座城市。辛辛那提，原来是一座如此奇妙的山城，这里的地形也十分玄妙，马路一层一层地盘旋着，开着车会频繁遇见大坡度的跌宕起伏，就如旅友所说，像极了重庆山城。市中心的夜景，月光点亮了设计各异的高楼，尽显大城市风采。开着车穿梭在都市之中，忽然想念城市的另一半，青山小楼湖水轻漾，美丽的长桥分隔开两岸截然不同的景观。或许这边的诗意兴致早已入眠，而城市的另一半仍是灯火通明，人来车往生机勃勃。据说这座城市还有唐人街，还有各色中华美食。有些城的精彩，只有去了才知道。

　　这个三月，我们的足迹遍布地广人稀的美国中部，一程之后又一城。行万里路，就为亲眼看见未知的风光。世界那么大，更宽广的是一个人的心田，只要脚步不停息，生命就有续集。

2017 年 3 月 18 日

大 城 小 事

　　这些天的大多数时间都是在长途奔波中度过，远方很清晰，渐渐远行的感觉很实在。我和朋友们坐在车里轻松又自由，放几首歌，拍几张照，小车穿梭在大小城市之间，可以穿越时空，可以跨过一个又一个州界。趁着草长莺飞的阳春三月，趁着抛下杂念去春游的时光，尽情领略久违的旷远和生命应有的诗意。我们一路听一路看旅途遇见的故事，把诗情画意酿成美酒滋润心田，去迎接如期而至的下一个季节。

　　前往路易斯维尔的路上，阴雨连绵，耳畔回响着老歌"三月里的小雨淅沥沥，淅沥沥下个不停"。途中无聊，便开始认真地欣赏起春雨。许久没有这样沉醉于一场小雨了，以前总厌恶它把要走的路变得泥泞不堪，总抱怨出门要带雨伞。此刻听见有节奏感的雨声萦绕在车窗外，唤醒了路边的野草，滋润着干枯了整整一个冬季的树木。雨水敲打在车窗玻璃上，洒在寂寞空旷的路上，为原本无味的角落带来混着泥土的清香。我想一定某位旅人，在雨中轻舞，随着它去往山谷小溪，跟着它走遍日出朝暮。闭上双目，心无尘念，沉醉在雨带来的幻梦里，就这样到了另一个与生命交织的城市。

路易斯维尔是肯塔基州最大的城市，与印第安纳州只有一河之隔。以前听说过肯塔基州的名字，当时还开玩笑地说"肯德基"？来到这个州后，居然真的想吃顿肯德基。搜了地图才发现，路易斯维尔有个KFC中心。因为好奇，便开车过去一探究竟，KFC中心比一般的肯德基店要大，难道这是全世界的肯德基总店么？车偶然开进一条小路，路两边是一个接着一个的独栋小房子，这应该是一个小区。不寻常的是，这些小房子在我们看来就是"豪宅"，每一栋都很精致美观，有的房子精装细刻着各式各样的纹路图案，有的像童话里古老的欧洲城堡。有的在屋外院子里摆放着别致的摇椅木桌，是住户人家用来纳凉、休闲看景的。还有房子的门前趴了两只小石狮，还有房顶烟囱的样子也十分精巧。这里的环境惬意悠然，尤其在洒满春光的晌午，绿草如茵包围着整个小区。这里像童年的梦境，像尘世之外的桃源。我们停留了一会儿便离开了，来不及询问这里的故事。

听说在路易斯维尔有一栋爱迪生住过的故居，这位伟大的发明家在那里住了将近十年。这次有幸去探访智慧的光芒，顺便沾点儿仙气儿。爱迪生故居安静的坐落于城市最普通的一角，四周没有其他楼房，样式也再普通不过，意义却非同寻常。我们绕到后院看到窗户上贴的告示才知道，这里每天十点到下午两点有导游带领参观室内，做详细介绍。我们看了看表，已经是下午的三点半，只能自己在屋外徘徊了。我们与这栋充溢着灵性的小房子同框合影，敬仰膜拜了一番，热爱科技的理工男女还站门口鞠了几个躬。仔细读过屋外树立的牌子，再到后院绿荫下的小径走一圈，就告别了天才发明家的故居。爱迪生故居在阳光明媚中沉默寡言，不知每天有多少人来造访，导游的时间却很短，大概是想为智慧灵异之地留一分安宁吧。

路易斯维尔最壮观的景点，要属牛排镇的滚滚长河了。河上岸架着一座棕色长桥，是连续抛物线构成的奇特造型。桥下的河水不像辛辛那提的水面那样平静，而是犹如黄河波涛般奔腾地流淌。这里没有太多行人，桥上也是空空的，只有我想从这一段走向长桥另一头。河畔有两个木质秋千随风摇荡，无人问津也并不影响它的惬意与欢悦。远处清晰可见的是城市的楼阁和盘旋着的马路。我最喜欢雨过天晴后的空气，世间仿佛被洗刷一新，清鲜明朗，天空也透彻起来。每个地方傍晚的气息都是相似的，无论在故乡或异乡，无论远山近水，充满怀念，充满对下一个晨曦的期望。旅人过客，也只能在这里止步了，路易斯维尔，有缘再见吧。

最后一个目的地，是久闻大名的圣路易斯，也是一座大城市，我们又到了另一个州，密苏里州。我们抵达的时候，已经是夜晚了，这里的建筑也是千奇百态，一看就有大城市的气派。但是并不像其他繁城那样熙攘，晚上九点多，基本看不到行人了，车也开得十分顺畅。忽然看到几辆马车在马路上惬意地前行，并不是成排成队，而是各走各的路，不知道马车是不是这里的私人交通工具。第二天一早，我们就向圣路易斯的地标性建筑拱门行驶。

拱门像极了数学里的二次函数抛物线，从远处看，是架在两座楼之间的。近看，其实就是一个独立的拱门。从侧面看，又是另外一个形状，或许这正是它的玄妙之处吧！一百多米的高度不算很高，造型却很别致有趣。拱门最顶端有六个并排的小窗，据说可以坐电梯上去俯瞰整座城市。不巧，它的周围在施工，不让上了，给我们留下一些遗憾。今天天气非常晴朗，拍出照片的效果不错。拱门前面的大草坪上，有小孩子在嬉戏，年轻人在欢声笑语。或许幸福就淡淡地沉浮在人生的旅途中，在远方偶然出现，又在嘈杂中消失。经过连续两个多小时的行驶，我们从南到北穿越了整个密苏里州。曾经被密苏里大学录取过的我和同行的一位朋友，想去亲眼看看那里的校园，假如我们选择了那里，会不会在那里相遇呢？密苏里大学的风景也很怡人，建筑风格更加古老，这个学校有近两百年的历史了，而我们最终没有选择加入这里的故事，那就短暂地做一次不留遗憾的游客吧。

每一座城都有故事，我们的故事也留在路上，返回属于我们的那座大学小城。归途与来时的路一样漫长，只是暮色更加深沉，我未来的生命旅程还将写进更多的故事。

2017 年 3 月 20 日

山高水长

累了，倦了，就踏上一回归途。这世界上总有个地方在身后等着你，你不必去寻觅它，它始终在你心底隐隐地召唤，唤起你心河的源头，在生命初始的起点潺潺不息。

心中留一片土地

　　不舍，是走时想再看看家乡的云。不一定要细细梳理什么记忆，只是再看看远天与草原，然后再感叹一句：我的老家，真美！不舍，就是这样顺着来时的路回去，想流泪就流泪，不流泪就留下灿烂的笑靥。我那天就这样离开了老家大安，离开了这座不大却充溢着稳稳幸福的北国之乡。沿着通往机场的路，带着脑子里迸发出的灵感，想起什么就写下什么。或许这些内心深处滋养出的朦胧诗意是对我父亲的家乡最深沉的敬意吧。

　　美不一定是大山大水，只要是家乡的，街角的碎沙也能唤起心中最深的情怀。快乐也不一定是漂洋过海的旅行，只要有一群相互关爱的亲人陪伴，便有无法替代的欢悦。回到老家，和不常见却常牵挂在心的亲人们一同吃饭是我在北京时就期盼的。亲友们都从各自的生活中走来，把之前的快乐或烦恼聚集在这里，一饮而尽。这里的亲友们，大多与我只见过几次面，却令我暗暗发誓，多年以后无论我在哪里打拼，一定会经常回来看看。哪怕一年只有那么几天，可以与他们举杯，可以与他们勾肩谈笑。一句句风趣幽默又浓浓真情的东北调，街上一个个不豪华却让我牢牢记住的小店，心中留下这样一片土地，印刻着乡亲的欢声笑语。我爱上这里，因为这里的人们，话语间无不流淌着关怀，举止间无不透露着情义。我爱这里，因为这里淳朴的民风，可口的苞米，因为一切平凡不起眼儿的小细节。四年才回来一次的我又要离开了，不常相见的缘更珍贵，这样不是更值得期待、更回味无穷么！

这里，大安，我挚爱着的土地和人们，分别一刻没有太多的感伤，因为我带走了心灵的财富，一处温暖的归宿。这片土地，它是属于蓝天白云的，夏日常有凉风点醒人们的心绪。来时的一路，光影像是从唯美的散文诗中流出来，引得我痴痴趴在车窗上凝视。好久没有这样痴迷一道风景了，好久没有看到充满幻想的诗句是如何真实地铺在我眼前了。这片土地，这里的人，可以让我在寂寥的深夜望着星空思念，可以让我在一个忙碌的午后，偶尔望向远方时回忆。总之，心中留下这片土地，带它上路。走着，无论去何方都不怕，因为心中有情缘，有血脉里流淌着的挂念。想着，有一群远方的人，有一座北方的小城，等待着我，我等待着它。总有一天，我还要回来，与这里的人们把酒言欢。这种感觉，是丝丝清凉的，使人情不自禁眺望北方的故乡，情不自禁怀念街角小店里的一番惬意，更有情不自禁的愁绪。

是的，我就这样道别了。离开后，又要等一年才能再相聚。这一年，我们又回到各自的日子里。或许有艰辛坎坷，或许有不少幸福与精彩。我们会各自经历着春天的花海，夏天的明媚，秋天的落叶，冬天的飞雪。每个人都是生活的漂泊者，漂泊意味着一次次相聚，又一次次分别。再过几年后指着一些令你刻骨铭心的地方，意味深长地说，我来过这里，并留下了美好的记忆。匆匆来过又离去，然后继续期待下一次相见，却难预料下次相见待何时，会不会时过境迁了。这不正是每位漂泊者的心境吗！漂泊的感觉何尝不是人生的滋味呢！就像咸咸的泪水，苦苦的微笑。走向各自的生活轨迹吧，一年以后，我们终究还会相聚在这片心中的故土，讲着漂泊的故事。有漂泊，才会有深沉的归宿感，那是漂泊时思念的心情。

　　"四年又抵大安梦，举爵对月咏相逢。亲友来自四方城，一声寒暄一相拥。言欢盛夏八月夜，清风萧瑟月影重。携手共叙人生路，你我之情叫永恒。"再读一遍我即兴创作的祝酒诗，别有一番滋味。在心中留一片土地，不一定能描绘出它的全貌，它像血液里静悄悄漂流的小船，平时察觉不到，但却不可缺少。心中留下这片土地，它似岁月，岁月如它。那是一段雨季里的岁月，有了它，仿佛拥有了一盏灯。因为拥有了它，我的明天变得更加明媚，更加值得期待，它占据了我身体的某一个部分。心中留一片土地，它时刻萦绕着我，所以我的眼眸总是远望它的方向。

　　美的记忆是它散发出的余香，因为相聚的时光再美，我们也终归身在异地。我回到北京，继续我平淡的生活，做着我的寻常事。与以往不同的是，我带回了老家亲友的影子，和心中烙下的大安的印迹。心中留下了一片土地，时而想起那里街道的模样，想起那里的亲戚朋友时，我会望向遥远的北方，亲友们带着北方那种宽广的情怀，他们走在大安街道上的身影都充满在我诗意的幻想中。我在远方的北京，永记那年我在十七岁的年纪曾经去过老家大安，站在嫩江岸边，穿过小街的人潮，傍晚停驻在一家灯火阑珊的小店。还想再过一次那几天的日子，我不想等得太久。这样想着或许是无力又无奈的，却想笑着说出声。当我浸染了大安在我身上留下的味道，回到北京这座繁城的街道上穿梭，大安的幻影浮现在我脑海，前路更有诗情画意。或许当我在晌午的阳光下小憩，一觉梦醒时会感慨，这多么像大安的午后，恍惚间我仿佛没离开那里，这气息，这样的云。这是美丽记忆残留下的芬芳，它让我感觉到，现在的我，在这世间有怀恋，有期待。

心中留一片土地，它在这里，叫作大安。这里只包含着特定的光景，与特定的一群人。这里有一条开满小店的街道，这里有热情洋溢的长辈、小辈与兄弟姐妹，这里有一声声亲切的东北调，所有这些都是凝固在我心头的故乡情结。某一个时刻，你们留在这里，我却在遥远的北京，或许某个惬意的午后我坐在咖啡厅里想起了老家，我碎碎念着：嗯，大安是美丽的，但是很远，熟悉的亲人们，你们也很远。昔日陪伴过我的亲人们，当我想念你们的时刻，你们在做什么呢？你们会不会也心有灵犀地想起我？你们会不会猜测着我是在看雨天，还是在品着热茶作一首诗？这样涌上心头的猜测与想念，不必疑惑或者找到答案。只要我们就这样想着彼此，牵挂着彼此的生活，亲情的江水总会淌入亲人的心田。亲情，总是让人的心里情不自禁地泛起波澜。亲情的水波不是汹涌的海涛，只是一湾轻浪，自然地，悄悄地，偶尔漂浮。亲情让人嘴角挂起一抹淡淡的微笑，让忙碌的时间停驻在想念的这一刻，让人稍稍享受，让心回到归宿。心中留下的一片土地，就在大安，我又清晰地想起它的样貌，是个有江水、有亲人、有幸福的小城。

只可惜，离开是匆匆的，道别总是来不及，又是不舍的。我不愿相信，此刻的我已经离开了大安的一切，那几天就像是一场梦，梦醒后一切都重归于从前，我却拼命想记起梦见了什么，越清晰越好。回程的飞机在美丽梦幻的云国穿梭，我多么希望这些云正是我来那几日，站在老街抬头看到的那些云。初见它们时，它们好像触手可及，那般令人沉醉。祥云罩在故乡上空，罩住亲人们稳稳的生活。我想对这些云彩道谢、道别，因为它们曾经注视着我，见证我在大安的土地上短暂生活过。如若用美来形容老家，那么我从前倚在教室或家里的窗前，无数次痴想过的辽阔草原，梦里那浩瀚的大海，诗里赞叹过的云朵，是否都夹杂着老家的元素和意象呢？总是期盼有一天我在窗前、在梦中、在诗中与老家相遇。眷恋的感觉，是想念时的心旷神怡，像一首心潮澎湃的情歌。

大安是我心中的歌，不说歌里包含着什么，也不说旋律有多么深情，那是一首可替代千言万语的，配着晴朗天空和安宁心绪的歌。那首歌朦胧、神圣，带着诗的韵律。那首歌的情调一直回荡在我心中，还会永远留在我的生命中。

2015 年 7 月 30 日

南山滑雪场

北京郊外密云的南山国际滑雪场，曾是我每年冬季必到的地方，从八岁开始到十八岁，我每年至少要来滑两场，从不缺席，现在已经身手矫健如飞燕了。其实当初只是源于贪玩儿，对于住在城里的孩子来说，能有那么几个下午，站在这边的雪山峰顶，远望对面层峦叠嶂的黛色群山，大喊着："我看见山了，它很近！"欣喜若狂中有兴奋，有对自由的向往，或许还有感伤。年少时逐梦的感觉是幸福的，我找到了心中的归属感，好像终于抵达了心安处。

当我穿着滑雪服，穿梭于中级雪道上零星的滑雪人之间，当我乘缆车而上，在不早不晚的下午三点，站上雪山顶凝望另一座山时，心里说着：到了，到了有诗意的地方，到了一切都可以随之安宁下来的时辰。抵达这里，要有坚韧的意志，有克服恐惧的勇气，或许每个此时此地与我擦肩而过的人都这样勇敢吧！我把纷繁杂念都留在热闹的城里，带着本真的自己来看山。我把往事凝聚带到这里，把它们讲给梦中的远山，讲给来之不易的、闲适惬意的那几日。

缆车悠悠地前行，就像岁月悠悠地流逝。慢慢地流吧，让我看清一路的风景，幻想它们，享受它们。是谁住在半山腰的小木屋里？每个傍晚都有炊烟袅袅，每逢暮冬都看雪山上的夕阳西下。每逢佳节看着最清晰的烟花在郊外的净空翩翩开落，这是否就是小木屋里那人的一生一世？等冬去春来，荒芜的山坡上，会不会山花遍野？这里的每一棵树都有自己的枝繁叶茂，有我看不到的新生和凋谢，因为我只是这里的匆匆过客。这里只是生活日常中一场虚幻的梦，不让我长久驻留。

我固然清楚，那个最高处的山顶或许我一生都无法抵达，从今年到明年，从年少到苍老，我与它的距离只限于眺望。我固然清楚，脚下这片寄托着童年梦幻，承载着童年回忆的山坡，或许今后很长的年月我都没机会再来。我要匆匆去经历下一段的生活，也许我在奔忙中很少记起它，等再次归来，又将是何年？又有了多少时过境迁？沉思良久，不禁泪水模糊了视线，只能徒留感慨惆怅，一生有太多抵达不到的地方，只能在梦中去追寻、去填补。其实人生的每一步都在永别，只是很多都不易察觉，与眼前的这一时刻，与每一个年纪的四季，与一个没想起道别就匆匆离开的地方。

冬日五点的夕阳西下映着旁边缓缓上升的缆车，这时一年积攒下来的心中的喜怒哀乐都堆积在一起。又是新年了，一切寻常又不寻常。岁月如旧地走着，风景似乎不认得年岁，不知道什么叫作四季，自顾自地花开花落，自顾自地把原本青翠的山坡盖上一层雪。晚上，街上有霓虹，烟花绽放得比城里的稀疏、寂寞，也许是我的错觉吧。这短短的几日多么来之不易，甚至当它来临时让人措手不及，害怕它流走得太快。多么想沉醉在这样的光景里，刻意多呼吸几口自由的气息，多希望在城堡般的庭院前多走几圈。我想久久抓住这良辰美景，任凭太多感慨挤压在心口，或许五味杂陈是一种苦涩的芬芳吧。

清晨睁开眼，窗外是另一个世界，既陌生又熟悉的小道上诗情画意，今天不用乘拥挤的公交车，今天不会路过城里的高楼大厦。可是今天往后，我只能把密云南山留在心中。再见吧，道别了，让我从小酷爱上冰雪运动的南山滑雪场，给我童年的冬季带来刻骨铭心的快乐，相见时难别亦难。中午，小雪纷飞，雪水渲染着离别，令人哀婉惆怅，或许还混杂了些许惬意。我背上行囊，回到北京城里的家。我刚从有雪的密云南山回来，今晚那里还有落日残阳，缆车依旧缓缓前行，郊外的烟花仍然肆意绽放。可是对于我，那里又变回了梦中的远方，似乎从来都是朦胧的，永恒的相逢只在诗中。

2016 年 2 月 28 日

放学后的母校

　　夜幕的降临往往象征着抵达归宿。我不止一次地幻想，远郊的夜晚会不会繁星密布，幻想夜幕里的海上，孤舟上的人迎着轻轻的海风入眠的滋味，幻想或许是人生一种舒适的感觉吧？校园，在我的脑海中只属于刚刚苏醒的清晨和烈日炎炎的晌午，人来人往间，我不曾见过它孤独的模样。

　　那天，我体验了一场特殊的游记，启程在夕阳刚刚落下一半的傍晚，归途是将近早夜的十点。有风的傍晚，少了白天烈日送来的燥热，步伐也变得轻快起来，迎面而来与我擦肩而过的人都朝着相反方向的远处走去。我想，奔波的人流中，或许只有我奔向一场重逢，奔向一段久违的无法忘却的岁月吧。听说母校的小池塘装上了霓虹灯，还养了金鱼，每当夜晚霓虹闪烁，为安静又昏沉的校园带来一曲消遣着寂寞的乐章。与陪我吟诗的老友相会在有旧日情节的故地，我不愿错过任何一次这样的机会。我歇坐在母校的大门口，等待晚自习下课的铃声响起。那许久没有在我耳畔响起的铃声穿出校园，与车流的汽笛声融为一体，那么寻常，却带给我一丝永别的愁绪。

我与旧日里的好友欣赏着闪烁的霓虹灯，惬意的小瀑布，还有入眠的鱼儿。这里好似公园的一角，又像一座诗意满满的迷你小城，我仿佛抵达了陌生神秘的远方。昔日的校园多了几分世外桃源的空灵，我的心也随之无限遐想。如果掀去夜幕，为天空换上白天和游云，这里仿佛一切都如往昔，还是那方我与好友常常漫步吟诗的乐土，只是此刻夜风中的树梢更加静谧了。

我们悄然走进人去楼空的教学楼内，每间教室里还摆放着同学们的学习用具，书本、笔盒，还有忘带走的水壶。明日早晨，这里依旧书声琅琅，或许谁都不会去想前一晚，放学后的教室里是多么宁静寂寞。我仿佛能听到日子悄然流淌的声音，那么轻，那么平淡，在日夜间轮回，轮回出一段段崭新又默默陈旧的青春往事。忽然羡慕每天还来这里的人，他们不会在放学后思忖、怀念流逝的岁月，他们仍在这里的岁月沉浸、游荡，在年少花季的深处，在百花丛中吸吮芳香，结束对于他们，暂时还远。走过昔日的老师办公室，一天落幕了，一切静如什么都不曾发生过，我却能大致知道白天这里发生过什么。一定有学生抱着书本来去，一定有许多来找老师询问分数，请教问题的同学。此刻的办公桌上，老师的水杯、抱枕，还有几摞卷子，都在等待明日早读课的时间到来。

我停驻在夜幕里的过街天桥上，十点的北京城依旧在车灯、路灯里闪亮。放学后的校园里更显夜晚的模样，夜的安详，夜的思绪。又快到夏季了，去年仲夏夜的过往还深深印刻在心底。感觉日子真是越过越快了，还没来得及忘记，新的岁月就匆匆而至。对于我，或许这是最后一个与前几年相似的夏天了，我想再经历一遍那些相似的故事。夜更深了，我在学校门口的车站与好友道别，夜幕里的道别，风代替了我心中的离别歌。

我穿着当年的校服，坐在公交车靠窗的位置，像从前深冬时放学的情景一样，可惜我已不再属于那时的年月。还是从前那路公交车，一如既往地驶向家的方向，人生却又多了一份离别。

2016 年 5 月 23 日

闺蜜情深

　　或许年幼时期的朋友只是生命开端的过客，时间甚至抹去了他们在我脑海中的姓名，从此人生再无交集。闺蜜与我相遇在十二岁的秋天，童年的尾声多了少女的小心思。不知别人如何，总之我在这个年纪许下了第一份友情誓约。

　　在这个年纪的女生里你是那么独特。一双不算大却漂亮的桃花眼闪烁在鹅蛋脸上，一根普通的马尾辫，有些婴儿肥的身材，让人一眼看出这是个可爱的毛丫头。你不爱打扮，也从不把减肥挂在嘴边，你文静大气的长相似乎与咧嘴傻笑的样子不太般配。我怎么也想不到，这样一个看似腼腆的女生还未与我认识就给我起好了外号，大着嗓门闯入了我原本封闭的内心世界。

　　起初我对这个大嗓门儿把我名字叫成"蛐歌"的自来熟家伙并无太多好感，可是我再怎么慢热也改变不了逗比的心灵，不知不觉就与这位搞笑的姐妹儿黏在了一起。在我的印象中，你从走进我生命的那一刻起，就是含着笑靥的，像是上天给予尚对友情似懂非懂的我一份美好的礼物。说来也怪，这长得文绉绉的小女生却有一副气宇轩昂的嗓子和搞怪的笑声。奇葩的你和奇葩的我就这么结成了一对别人眼中的奇葩友。

我喜欢你那洒脱的性格，你貌似平静却比别人更容易寻到欢乐。你也有生气的时候，却还能用有趣的语言让别人笑出声。对于一切你都怀着幽默的态度，这点你自己都不曾察觉，因为这是你与生俱来的特质，你潇洒自由的天性令我既羡慕又佩服。记得有一次数学小测，我俩都得了零分，于是拿起卷子比谁的零蛋画得好看，你说你的更圆，我说我的封口了，更完整，因为这件事差点吵了起来，直到一抬头看到老师一脸愤怒地叉腰盯着我们。还有一次我们放学一起回家，俩人跟着耳机里的歌大声唱出来，一路遭到很多"粉丝"的回头和白眼，还错过了车站。我们曾一起在英语老师办公室挨批，不知为何你哭着哭着我却笑起来，看我一笑你哭得更凶了，结果一出办公室没过两分钟，你就重新又欢乐起来。我们上化学课用纸条做了一根"红线"，一人牵着一头傻乐，偷吃薯片，一边吃还一边乐出声来。我们的友情里虽然充满让人忍俊不禁的糗事，但这些事饱含着我们深厚的情谊，和消逝远去的悲伤。我们虽然业余爱好不同，却在分分合合中持续着友情，我们的相识是那么朦胧，没有理由，只有缘。欣赏、友情不需要理由，只是发自内心地想与你携手，去看窗外的风景。

嬉笑打闹交织在只有纯净和平等的少年时光里，那时的争吵，或一个恶作剧都能美如一首诗，我为你写的诗几乎占据诗集的一章。我们演绎的搞笑故事全是少女懵懂的小心思，闹剧全发生在人生最美丽的花季。我们曾游荡在班级的教室、楼道，藏匿于校园的每一处角落。在属于我们两人的世界里度过中学生活，就像身在丛林深处的小木屋，空间虽然小，却能看到完整的春夏秋冬。俩人的友情之间也会有寂寞，但别忘了我喜欢城郊的孤星，或许最后一片落叶能给我更多的诗意，比整个秋天都要多。花开时节多么美，在无忧无虑的年纪，遇上潇潇洒洒的你，你占据了我回忆中的少女岁月，代表着我思念的所有故事。

我们已经把朝夕相处的三年过完了，离别后余生很长。在时间长河中三年太过于短暂，那年少的日子终究永恒地化作陈旧，但它的余香比那年的雨后还要芬芳。未来，异国他乡的我，选择另一条路的你，还会在某个傍晚的店铺相聚，我们还要坐在那个靠窗的位置享受一番相聚的滋味。之后，在路灯照亮的车站送走彼此，各自又去经历自己的轨迹，一生的朋友，也只能这样吧。你在我心中驻留的时间比相聚的时间更长，你在我心中的烙印，比那友谊的定义更深。也许将来，我们各自有了更多更丰富的人生经历，欣喜若狂或悲伤欲绝，难免会冲淡我们彼此的记忆，或许那是因为我们在一起的时光过于平静，过于美好吧。

一生，无论我们走得多远多久，二十岁、三十岁、四十岁，无论记忆是怎样慢慢褪色凋零……朋友，只记住，我们曾在那遥远的花开时节相遇相知，生命最初的花季曾有你我相伴。

2016 年 5 月 25 日

玉渊潭的歌声

　　玉渊潭公园早晨九点的歌声，源自几十位年过花甲的老人。我听不清歌词，却知道他们唱的是不再流行的老歌。老人们高声唱出他们的曾经，那悠扬的歌声仿佛把他们带回激情燃烧的岁月。微风悠悠的湖畔，湖光外的两座长亭，这公园的一角属于老人们的小世界，年龄相仿的他们总会聚集在这里，尽情拥抱、回忆属于他们的时代。

　　老人们人手一本歌谱，封面的褶皱灰尘增添了歌曲的陈旧感。他们个个气宇轩昂，即便坐在轮椅上也看不出虚弱。白色的发梢和苍老的皱纹在舒缓的曲调中显得那么和谐，让我见识到了最美的陈旧。我远远地坐在路边的大石头上，不厌其烦地听着那一支支陌生的歌，竟听出了震撼和忧伤，听出了庄严和岁月里淡淡的幸福。几十人合唱的歌声近处听着高昂有力，却渐渐消失在百米外的荷花池，只要你还能听到，便能从那微弱却不乏力度的声音中听出他们的认真与激情。

最令我感动震撼的，是他们那一代人的共鸣。他们风雨兼程走过几十年，相似的故事触动着心灵。歌声里有半世纪经历的沧桑，有一路漂泊跋涉的艰辛，每个人的感慨都堆积在心头，唱出的是同一支歌，属于他们自己的歌。让我不禁想起我们自己这个时代，从幼儿园到高中，认识了一波又一波同龄人，我们这一代人也走过了童年和少年，就这样在相同的岁月里长大了。忽然觉得生在同一个年龄段，是种来之不易的缘分，不约而同地来到世界上，像是提前相约好的一样。同一代的人有多少共鸣，多少知音？我想老人们的相聚更有无尽的感慨，为属于他们的年代相拥，为他们的年代高歌。

看着老人们佝偻的背影，干枯的皮肤，歌声里多了几分忧伤。他们年轻时的歌还在，年轻的他们，却随着光阴老去了。现在他们每天相守在这里，似乎想留住他们的年纪，他们的时代，歌声惊颤了湖中的春水。是呀，老人们早年的光阴太久远了，跨越了半个世纪，这一路有多少歌要唱，有多少话要讲，有多少过往该被铭记。相对于眼前，曾经的一切都太遥远了，几十年后还会有人记得他们的歌吗？而他们那坚毅的眼神仿佛告诉着世人，这些老人活在他们自己的余生里，用属于他们自己的歌声追忆往事，追忆年轻的时光就足矣。从那紧盯着歌谱的目光里，我看到了老人们对于自己风华正茂那个时代的庄严坚守，他们仿佛把歌声当作生命的财富。我恍然觉得，一生中最珍贵的财富只有上天赐予你的几十年或百年的光阴吧。

对于那些老人们，再多的坎坷波澜也都沉静下来了，这静静的晚年仿佛玉渊潭初夏的水波，在季节里安然地流淌，没有目的地，只是淡淡地流着流着。这番令人羡慕的闲暇惬意，不知是历经多少风风雨雨换来的。在生命的晚年，每天清晨来到公园，与同龄人合唱几支年轻时的歌，伴着熟悉的清风，摇曳的杨柳，原来老人们的岁月是这般静好。

　　我打开手机下载了一首老歌，我听不出其中的故事，却能感受到陈旧的美。在老人们一双双低垂却清澈的眼神中，我仿佛看到年轻的他们走在那遥远年代的风中，他们有着自己的爱情，追逐着自己的梦想。流逝的岁月也是美的，宛如那位领唱爷爷眼中悄然闪烁着的泪光。

2016 年 6 月 15 日

老　家

　　我有另一份乡愁，那是嫩江湾的小船飘荡在港湾中，点缀在索桥上，是站上高坡看风景的人眼中大安的画面。小船在江水里悠悠地摇漾，久久地摇漾。七月的淫雨肆意洒落，只为让你记住故乡泥土的味道。青春里人来人往，每个故乡人的青春都曾路过这番风景，就像每个人的青春都有某些相似的故事。我记得，在梦初次绽放的年纪，我曾经来过这里，并把这里的所有都收录进年少的记忆中。在人生路的开端留下一首别具一格的歌，余音一直延长到路的尽头。曾经，我带着对大安的记忆开启了中学生活，如今高中毕业了，我又一次回到这里。没有什么天翻地覆的变化，我也是带着心中的往事归来。多想把关于岁月的感慨寄托给每一阵风，把那么多想诉说的话都埋藏在脚下的土地。

　　我喜欢戴上耳机，独自浪迹在这座小城的每个街头，每个角落。让人们的吆喝声，早市的鸡鸣和街上的人潮，所有这些浓厚的生活气息深深烙印在我心中。我喜欢等到夜幕降临时分，和一两位亲朋坐在少有人声的冷饮店小憩，耳畔除了寂寞的流行歌曲，其他一切都随着月光的覆盖沉静下来。含一口冰激凌，等着它在口中融化，这是北方的味道，家的感觉。那入夜的轻风里，无需再思念，无须思忖着道别，就这样等着家的感觉冰入口中，暖入心中。和家人聊聊家长里短的琐事，开开玩笑，计划着明天一早的行程。有时透着紧闭的窗户看夜色，睡意突袭，那些无忧无虑的夜晚，心随意游荡。

这一年曾和朋友去远郊寻觅一条梦中的小径，曾落寞地一夜未眠写下淌着乡愁的诗篇，也曾拥有几场幸福自由的旅行。过往中，冥冥中，我一直记得远方还有另一个家，还有另一群家人，曾经记在刻骨铭心的故事里，只是久违了。眼前这群面熟的男女老少，好像是生命中永不会告别的人，亲情的缘分是一生情缘。尽管我们仍要在盛夏的十字路口道别，我们各有各自的天涯海角，在各自的生活中吸吮四季的喜怒哀乐，却有年轮成为我们相聚的标记，一年风雨换来一年的相聚。尽管我来时的季节也是道别的季节，把酒吟诗道不尽一年的悲喜，酒杯相碰的瞬间却消融了忧愁与牵挂。亲人的酒，洒在离别远行的路上，浸湿每片干枯的落叶，又重新滋润了旧年的记忆。我怎会忘记，老家有这样的一群人，每年陪着我几场举杯畅饮，用亲情渲染着我的年华，了却我的乡愁。

老家是个五味杂陈的意象，那是我父亲的故乡，远在天涯，却在我心中孕育出美丽的乡愁。它既承载了亲人的只言片语，也赐予我安宁的归属感，我会把它揽入怀中，揣在心上远行，我还可以时常把它翻出追忆。美丽的乡愁既能让我流泪，也能让我在颠簸中感到稳稳的幸福。老家让我既能放心去经历远方的精彩，又让一份怀旧的温存常驻心中。

　　回程通往机场的途中，两侧是绿色如海的草原。我在想跨过它，能否到达我一心向往的远方呢？客机起飞的刹那，意味着又一次的离开，我却释然了，不再把不舍当作离开的全部。飞机穿梭在云上天国，向下可以清晰地看到云层之下一座座小城，向上看是云光万道。离开的云路原来这么美，让我开始幻想远方的梦了。或许这份不带依恋的向往，源于老家早已根深蒂固在我心中，离开与归来，都是对它最诚挚的告白。

　　梦里，嫩江湾的小船依旧在摇漾，等待后来的游客去凝视着它思绪万千，我向它挥手道别后便不再回头。生命旅途是由依依不舍的眼泪和来日方长的憧憬编织而成的。有一天，当我谈起自己的老家，我一定会为大安敬杯酒。敬它陪我那转瞬即逝的几天欢悦，敬它留给我铭记在心的美好故事，敬给那场十八岁的七月淫雨，敬它赐予我另一份乡愁。

2016 年 7 月 14 日

忆 京 城

　　我是土生土长的北京人，早早游遍了故宫、圆明园、长城等名胜古迹，在我生命初始的记忆中只有北京。2008年奥运会给北京带来举世瞩目的辉煌，懵懂中的我为自己是这座大城市的居民倍感骄傲。在这座令亿万中国孩子向往的都城里，曾经的我，肆意挥洒了自己的童年。紧邻西长安街的玉渊潭公园曾被我和儿时的小伙伴戏称为"后花园"，那里有我们童年的游乐场，八一湖畔有我们少年游的梦幻小屋，十几年光阴流转，我们从小玩儿到大。秋冬时节，我和同学吃遍了从西直门到西单的餐馆，在北海北站的地铁站口相约青春里的友人。十八岁那年的夏天，我离开了，到大洋彼岸的一个小镇去上大学。与北京相比，大学小城里人迹稀少，两个月之后我几乎忘却了繁城喧闹的景象，彼时，心也跟随着静谧的深秋沉淀下来。或许是担心时间久了会模糊了故乡的模样，于是提笔写一篇文字纪念从前的往事。

北京城，没有南方的水光潋滟，也没有四季如春。从我生命的开始，就清晰感受着冷热分明，四季轮回。每年从十一月到来年二月，北海和八一湖面就变成了冰场。等人们换上厚羽绒服，雪味和年味儿混在一起，家家户户就开始在门上贴对联儿了。在上一辈老北京人心中，关于北京的记忆是如今所剩无几的四合院儿，是胡同儿里不绝于耳的吆喝声，是一碗豆汁儿和海碗居的炸酱面。或许每一代以北京为故乡的人，都有着对北京独特的深情。或许是一棵种在家门前的百年老树，或许是一处公园的古亭。我经常从军事博物馆沿着西长安街溜达到西单，或者向西步行更远，一直走到石景山。有时我绕着玉渊潭湖畔等傍晚，围墙挡不住汽笛声的喧嚣和嘈杂。走在这些再熟悉不过的街头、湖边，每一个步伐叠加都成为我心中北京的魂。朋友曾在空间里写道："大概一个月后我就要搬家了，把我在北京西城留下的最后一点根也拔掉了。大概许多年后，我还会回来，那是我的北京，我的故乡。我不要首都的一砖一瓦，只要我心中的北京。只希望许多年后，我还能看见小街胡同儿，胡同儿里提笼架鸟儿、聚堆儿下象棋的北京大爷，还能吃到炒肝儿、卤煮那股子京味儿，听闻到吃货们满嘴的京片子……"是呀，或许在更多人眼里北京只是中国首都，只是一座热闹繁荣、古老的大城市。但在北京的故乡人心底，喧嚣繁华中沉默着难以言说的乡情，这里埋藏着我们的历历往事，我们生命最初的时光，每寸草木都印刻着我们脑海中关于故乡的模样。

我从海淀区到西城上小学、中学，学校周边的每个公交站之间的距离，我几乎都徒步丈量过。我经常在周五放学后约上好友，走到西直门的嘉茂逛逛，放假就在大悦城约一场电影，在一个叫作"金库"的KTV狂欢。记得相约在北海、后海和南锣鼓巷的时候，要么是深冬，要么是盛夏。暮冬小雪飘飘，夜幕早至，我们才刚刚在北海北站口相见，兴奋、嬉笑、拥抱暖透了少年的心窝。滑冰、吃糖葫芦、坐冰车，看落日倒映在明镜般的冰面上，还捎带着远山稀薄的影子。夏天的北海，小舟跟跄，两只稍大的棕色古船摆渡在湖面上，慢悠悠飘过来又飘过去，与北京繁忙的生活节奏反差甚大。找个阳光明媚的下午划船是不错的选择，每年夏天，我和朋友都会坐在船里回忆往事，谈少女的小心思，即兴作诗，岁月就这样流逝着。我姥姥家住在朝阳区，酒仙桥是个陈旧的地方，旧街道，旧小区。每逢假期之前的放学后，我都自己从学校乘公交车来到酒仙桥看姥姥、姥爷，住上两三天。姥姥和姥爷给我买好吃的零食。新建起的娱乐商城，还有惬意的朝阳公园，这些都是关于姥姥家的再熟悉不过的记忆。北京一号线地铁的站名我能倒背如流，位于中轴线上的天安门广场、前门大栅栏，还有……作为北方人，我每逢新年必到滑雪场，住进山边有壁炉的小木屋，滑几场雪那是必须的。北京郊外落日的轮廓更加清晰，挂在缓缓行驶的缆车旁的天空，远远驻守着京城外的清静。当我乘坐的国际航班起飞的瞬间，俯瞰整座北京城，故乡的每个角落都在心中回放。我默默想着，想着，有一种乡愁叫作北京。

我家住在北京西客站附近，每天都能看到大包小包、来来往往的北漂儿们。有人掩饰不住初来首都的喜悦，有人脸上挂着辛劳的愁容，穿梭在高楼大厦之间。北京承载了多少漂泊者的眼泪与汗水。我试图为这座大城市谱写属于它的歌，创作属于它的诗，因为它承载了那么多令人难以忘怀的故事，埋藏了那么多梦、亲情、爱情、友情。或许等我回到这里，我会再去王府井大街上感受人潮簇拥，去晚高峰的一号线地铁里找到当年放学回家的感觉，听到报站"下一站，军事博物馆"之后我心中默然肯定：没错，这里就是我的家，北京！

去了异国他乡，难以再听到周围一群人都操着满口京片子化音了，曾经这是萦绕在我耳畔熟悉的母语："成，今儿我在大院儿东门儿等你出去遛弯儿。"初到大学，每当自我介绍："我来自北京"，都会感觉到周围同学的眼神和表情中流露出羡慕，久而久之深深的归属感油然而生，还不自觉的产生了优越感。"我是北京人"包含了多少春夏秋冬的轮回过往，包含了多少条北京城的街巷胡同。离开北京的日子已经开始，或许还将离开得更远、更长久。或许将来，我会像与知己约定的那样，心随着梦想走遍世界，或许会停驻在某处小城镇，过一世恬静安稳的人生。但终究有一天我还会回来，无论是否志得意满，无论是否在他乡也留下了眷恋，我都会回来。我要站在北海的深秋里，看落叶归根。那一刻，在尘世之外，在云端上印刻着一首诗：归根的落叶，被旧时光的风雨浇灌，开出往事和鲜花烂漫。我们站在灿烂和繁芜里，你不言，我不语，直到残阳浸染密云的南山。一切还好吗，故乡人？

北京，不只因为它是首都，还因为它是一群人的故乡，所以容不得丝毫轻视。我将归来，这是毋庸置疑的，因为我是北京的故乡人，那里是我心的归宿和漂泊的归途。故乡的每一块泥土皆有情意，浸泡在酒与热泪中，所有的辉煌与它相比都黯然失色，只能用最深情的篇章来赞颂它。

下一站魏公村，下一站北海北，下一站军事博物馆……同乡人，你到了吗？我在颐和园的湖堤等夕阳西下，你曾在何方断肠天涯，却依旧怀念着京城的往事。

2016 年 10 月 19 日

归乡的客机

终于登机了，坐上那架驶向东方故国的客机，它将跨过太平洋，穿越十几个小时的时空把我带回家。或许每个搭乘长途客机的人都有一份独特的情怀，都有一些漂泊在远方的故事。机票上赫然写着"洛杉矶——北京"，在我心中的潜台词是：下一站，故乡，我终于能回到家了！这是我第一次归乡，人走得远了，在外面驻留久了，回家就变成了归乡。

第一次离乡、归乡，却没想到回家的路这样漫长、艰难和令人崩溃，也更加意味深长。没想到起始的第一站竟然被恼人的暴风雪困在飞机场，延误留宿了两晚才终于坐上飞机，原定两程的飞行旅途被拆分改签为三程。那一刻顿觉家变得更遥远，那一刻更是归心似箭，我一辈子都忘不了那两晚住在酒店渴望到家的心情。想想这一年是我十八岁第一次独自离家啊！这一年不知多少次在飞机的颠簸中醒来，在起飞和降落中穿梭在天空大地间，跨过大洋山川，抵达未知的远方，又在冬季重归故里。终于等到回家旅途的最后一程，客机终于在凌晨起飞。当飞机盘旋在洛杉矶的上空，海面上还有零星的渔船灯火，这么晚了，不知谁还在海上逗留，谁还有心绪向夜晚诉说。

归乡，我带着空空的行囊，心中揣满异国的历历过往：那些对着雪地星空写下诗章的夜晚，那站在大峡谷旁对着世界满怀豪情万丈的时刻，清宁的田园小镇里与异国好友的欢声笑语，一段世外桃源般静谧的岁月……崭新的岁月流淌在我新的记忆里，与最初留在故乡的回忆融为一体，成就了一个全新的我。我回来了，带着一身他乡冬雪的寒香，眉梢还染着昨夜的星光，可眺望远处的目光却永远向着故乡。

我知道，北京城的霓虹依旧照亮着人潮，我离开后长安街从未停止过喧嚣。我还想携着好友的手，在西单大悦城里与拥攘的人海擦肩，喝着一杯奶昔等待电影的开始。我还想在北海的冰面上徜徉着小时候的梦，看一抹夕阳映透冰光，还想在前门外听拉车的人唠唠胡同文化。我还想在酒仙桥陈旧的街道上走一圈，等到落日余晖时分就买一袋零食走回姥姥家。不知学校对面的101车站是否如初，那根寂寞的电线杆是否被严寒冻成了冰柱，直勾勾地静候学生们放学。一批又一批，一届又一届，那些已不再属于我的生活，只能作为可以重拾的记忆停留在前尘过往。可停留在记忆的光阴，在重逢的那一刻却美得深入灵魂。

十几个小时的飞行，我却兴奋得不能闭目睡上一觉，想多沉浸于归乡的路，渴望听到故乡在前方的召唤。下一站，北京，这句话在心头萦绕着，迟迟不肯散去。这一程的目的地是故乡，可故乡不是人生的目的地，而是永远的归途。总该勇往直前去追寻大千世界的未知，累了，倦了，就踏上一回归途。这世界上总有个地方在身后等着你，你不必去寻觅它，它始终在你的心底隐隐地召唤，唤起你心河的源头，在生命初始的起点潺潺不息。

客机飞吧，飞吧，带我抵达曾经站在山头眺望的那个地方，回答我要跨过几道山几片海才能回家，这个在心里问了无数次的问题。我毅然决然地选择远行后，又义无反顾地归来。有人问我因何归来，我一时语塞，站在玉渊潭冬日的冷风中欲言又止，答一句：我只想回来为故乡写首诗，之后便头也不抬扬长而去。归家是一种难以言表的深情，只有在飞机降落的瞬间，或走在旧街时听着一首熟悉的老歌，或坐在老店里与友人对月一醉方休时才能释怀。

回家的路是一张张的票根，牵连起离家的仲夏与归乡的暮冬，为异国往事和故乡轶事搭起一座长桥。同行的旅人，你知道吗？北京是一座很美的东方古城，有不老的灵魂，有千年的历史，自从离去后，我也在这里留下一段生命最初的青葱岁月。同机的归人，你是否也凝望着夜色朦胧的窗扉痴痴等待着一句话："飞机将在十分钟后到达首都机场，现在北京的地面温度……"无论当初走的多远，这句话总会在某一日，在耳畔庄重地响起，我愿在旅途总能听到它。

2016 年 12 月 23 日

在　故　乡

　　新年伊始，我在故乡，每当一个年岁启程时，我在故乡，就像从前的十八年一样，年轮从哪里开始，就在哪里结束。生命的故事从哪里开头儿，还要回归那里继续它的片段。旧年已逝，在这辞旧迎新的暮冬里尤为清晰。我找不回从前了，只能顺着一条又一条旧街想找回从前的那些感觉。车进五环开始，离开半年的我终于又回归了故乡的生活。

　　沿着母校门前的那条小巷，我试图找回藏在那旧砖碎瓦后的诗情画意。当年，我和好友就在晌午时沿着学校旁边的小区一路摘取春天的味道。那时第一次思考自由为何物，第一次坐在天台上凝望远方和云的方向。午后的风吹开一本我们著成的诗集，在少年时光里一页页地翻着，直到翻完整个青春。那时，身着简单的蓝色校服，肥大的校服包裹着我们所有的梦想和笑声。这里还有泥土和杂草的味道，只是今天紧闭的校门让那份过往愈加陈旧。我试图找回那抹只属于放学时分的夕阳，我曾多少次站在过街天桥中央望着车水马龙之上，夕阳渲染了整座繁城的隐隐愁绪。傍晚，唤起了我多少灵感，这个时分总能把我与世界隔绝开，我听着音乐走在回家途中，走在梦里。每当霓虹亮透大半座城，常去的西单大街人潮汹涌，一对对年轻的情侣，一个个穿着校服的学生，还有匆匆赶路的上班族摩肩接踵。这是个分别的时辰，与刚刚共进晚餐谈笑的食友分别，与白天一日的紧张忙碌分别。许久没有这样走在繁城里了，不知何时人潮成了久违的风景，不知何时拥挤的地铁成了故乡的标记。好友说："我回学校了，周末还来这里呢。"可是，几天后就又要离开故乡的我，总是回望走过的路，黯然神伤或许是我对这座城的眷恋吧。

还未到春节，大街小巷就开始有年味儿了。福贴和鸡年玩偶应接不暇，新年的歌声萦绕在耳畔。等到春节时我就不在这里了，我摸摸商店里的中国结，想尽情体会这一丝年味，故乡的年味儿，我试图把它印刻在心中带走。这提前到来的故乡的年味儿提醒我，时光已然流逝了，未来的路上故人或许不再重现。老友专程从扬州坐着高铁回来与我相聚，我俩同是一月生人，今年有幸在故乡，结伴过了十九生日，蛋糕上写着专属于我们的名字"歌宇"。我们借酒伴歌微醺着记忆与成长，相遇与离别，有票根、有诗和故事，还有十八岁的远行和归来，总算不负青春吧！越成长，踏在路上的脚步声越加清晰，明白了我是每一年岁的过客。在记忆长河中，只有昨日和远方的季节，还有漂泊着的心才是永恒的。我们在地铁站结束了冬天这场相聚，车门一关闭，我们各奔东西，又回归各自的生活轨迹。我们曾经相守于最美的年华，却终究成为彼此的故人，今后的缘只剩下匆匆又短暂的重聚了。

亲友们在岁月里仍旧静好，南山滑雪场缆车下的尖顶小木屋依旧神秘如初，那座远山陡峭的高级道是我从小远眺的地方。尽管从没上去过，它落日下的轮廓却这般亲切，像远远的故地。或许只有故乡的景物才能给予我这样的祥和与安心，我坐在缆车上，仿佛从童年悠悠驶来，缆车承载了我多少个年少的冬季。大概以后来的机会很少了，它也会离开我生命的年轮远去么？时光就像还没练会刹车的滑雪者，不能在雪坡上驻停片刻，每一瞬间路过的地方都是永别。过往就像一边滑雪一边看风景的人，虽然沉浸于风景，等看够了还是要离去，不过是停驻时间长短的差别。一年一度的南山游，是不是终将被我选择的人生写下句号？我在北京的郊外始终有一份记惦——南山的滑雪场。

等万家灯火从夜晚开始渐渐熄灭，这静谧的夜一如既往地唤起万千思绪。躺在家的床上迎接每个早晨，仿佛忘了我曾经离开，仿佛忘了我不久又将离去，从第一缕晨曦渐露微芒，一切都如初如故。和好友浪迹长街，站在人来人往中幻想一座宁静的村庄，回到那段安然又朦胧的时光里。这年，我没有错过故乡的深冬，这个属于北方的最美季节。短短半个月，走遍了故乡的大街小巷，仿佛看遍了这里的春秋冬夏，因为我曾经在这里度过十八年的每个季节和每段往事。

新的一年，新的年纪，一切都从故乡开始。从长安街的街头启程，我又会离它远去，带着它的灵魂，带着曾经属于它的故事，带着它暮冬的寒息。笑着告诉别人我来自这里，然后讲述这里朝朝暮暮的故事。有人问：你走到哪儿了？我在故乡，在往事里。当落叶归根后，要么等来年初春的重生，要么注定漂泊，继续漂泊……

2017 年 1 月 4 日

威海日记

　　乘上客机飞向威海，这一次不是离开，而是寻觅归途。这一次心中的目的地是往昔，为了年少时与朋友坐在天台上许下的愿望。时光如水悄无声息地流淌，它会带走很多东西，而真正留下的，才是融入灵魂的存在。经过一个多小时的飞行，再乘坐一个半小时的客车，我终于抵达了山东省威海市，久违了，祖国的山川美景。

　　经受好多天北京高温的困扰，威海的天气给人感觉格外凉爽、舒适。大片的云朵挂在天空，优哉地漂游，近在眼前，远在山腰。记得上一次那样认真地盯着云层看，还是在他乡的大学城埃姆斯。威海的确是座美若其名的城市，楼房不高，面朝大海，背靠青山，像我心中神往的地方。站在窗扉旁，眼前是望不尽的海天一色，走在清静的大街小巷，回头却见一片山花烂漫，我终于体会了"面朝大海，春暖花开"的诗意。时间尚早，我来到沙滩上，走进海风里，走在潮来潮去的大海边。生长在内陆城市的我，已经很久没看到海了，小时候去海边玩儿的印象总是澎湃在我脑海中，化作自由与美好的梦境涌动在许多首诗里。当今天又真实地走入海的怀抱，听见海浪拍打着沙滩声像海的心跳，脚踩沙滩上阵阵清凉的海水像触摸到海的脉搏。此刻，眼眸中只有海天相连的那条线，耳畔只有风吹海浪的轻歌，手中握着的流沙寓意着岁月匆匆，世间生命犹如沙滩上留下的一串串脚印，简单而又纯粹，转瞬即逝。

恰逢傍晚夕阳西下，远处烧红的落日像时间留下的一抹忧伤，人们终于又告别了一日。晚霞映照下小舟还在漂泊，没有要靠港的意思。漂泊着或许也有幸福，特别是在这无边无际的大海里，生命永远在随着海潮涌动。一群穿着毕业服的学生在沙滩上说笑、拍照，这时的大海，仿佛象征着青春韶华。在二十几岁的年纪里，所有的青春故事都像海上的霞光那般美丽悠然，有时又像大风中的海浪那般疯狂轰烈。可这样的大海总是紧挨着流沙，手中的流沙就像握不住的韶华，没过多长时间就在手指间流失了。还好，我们曾在那一刻真实体会过它的温存与幸福。谁知道十年后，毕业照里的人都遇见了怎样的人生呢？会相遇多少难舍的人，会经历怎样刻骨铭心的事？就像我不知道离开沙滩之后，那条街的尽头是青山还是城市的灯火。夜幕又一次降临，等我在威海入眠，我印在脚下的地图又能添上一笔，因为这又是一处异地的夜晚。当夜风吹散了枯叶，明晨又走一条清晰的长路。

第二天，我与海重逢在晨曦。我只是一次旅行的过客，我相信它的美丽是永恒，一天，一年，一世。我们登上了一艘客船前往刘公岛，两岸是望不尽的青山和楼房，一艘船，一座岛屿，成全了我对威海之旅的所有遐想。刘公岛，是甲午战争的纪念地，埋藏着深邃苍凉的历史印迹。在博物馆里，我看到了被复原的炮台、鱼雷，还有丁公祠、水师学堂、铁码头等遗址。导游滔滔不绝地介绍着那些陈年往事，讲述着那些久远的过去。作为一个拥有五千年历史的民族，我们有太多讲不完的故事，或悲或喜，或耻辱或骄傲。最令我不禁感慨的，是人的一生在历史长河中，只不过就短短几十年。一代代人逝去，一段段感天动地的故事留在后人口中，多少从前悲壮的战场被修筑成遗址，驻守于后人的记忆中。故人已逝风景犹存，却物是人非了。

刘公岛上有一座小村庄，据说现住居民七十多户。这里人烟稀少，却有海的沉吟，相伴于青山的俊俏，住在这里的人，过着我在大城市的人潮里经常幻想的生活。旁边的礁石上，有一座灯塔，在夜晚给来往的船只照明。据说岛上的自然环境吸引了很多珍稀动物，例如梅花鹿。我看见海鸥在海上尽情地飞翔，没有目标没有踌躇，尽情遨游。这里的生活有美好也有劳苦，我终究无缘住在这里，客船匆匆而过，来不及让我好好领略，我能做的，只有把这片海的美好装进心怀，那份持久的沉静淡然，海上乘舟时的惬意闲适，还有那被轻易唤起的陶醉与诗意。

在回酒店的路上，听出租车司机讲，或许对于来游玩的外地游客来说，威海的空气就像天堂，可对于本地人来说，曾经的故乡比如今更美丽。如今科技发展迅猛，很多地方的生活条件都变得越来越好，但在每个人的心中，仍然怀念着自己那个最初的故乡。威海不是热门的大城市，街道整洁干净，民风淳朴善良。从人们的交谈中可以听出，这里的居民真心爱着自己生活的地方，他们爱这里的海，爱这里透彻的蓝天和天空中洁白的云朵，爱自己生长在这里的命运。

从小城市走到大城市，可以看到世界的繁华和发达。从大城市走到小城市，我看到了人间最真挚的淳朴，宽厚的心胸便能容下质朴的情怀。海浪声仍在回荡，五月，我喜欢上了这座有海的城市。

2017 年 5 月 21 日

相遇海驴岛

　　工作日是景区的旅游淡季,这次旅行基本看不到拥挤的人潮。伴着清晨的绵绵细雨,天气很凉爽,让我这个从北京三十多度高温中逃脱出来的旅友倍感幸福。威海的动物园距城市有一个半小时的车程,路边的风景是那辽阔的大海。动物园的动物们优哉地望着寥寥几位游客,仿佛在好奇今天的人类为何那么少。走进动物园,就像回到了童年的时光,轻松而又单纯。没有人潮的旅途一路畅通,心情也跟着长尾猴摆动的尾巴快活起来。动物园并没有什么特别的,不过连通海洋的海狮馆倒是别具一格的自然风光。海风呼啸,海狮长吟,两岸青山托起晨雾,这是我第一次在动物园见到如此美妙的景致。

　　据说海驴岛是到威海必游的、不可错过的景点之一,它是中国的黑尾鸥之乡。我们乘船前往,船上只有我们两位乘客,人少,便能尽情地与大自然相伴。今天风浪格外大,船儿摇摇晃晃的，有失重的刺激感，像极了游乐场里的海盗船。旅行在浩瀚的大海中央，向着一座岛屿前行，听着海风在歌唱，如梦般的场景就在身边。听说在海上漂流的人，最想看到成群翱翔的海鸥，长鸣的海鸥会告诉他离陆地不远了，可以靠港歇息，或者可以回家了。

经过半个小时的海上颠簸，我们终于抵达了传说中的海驴岛。无数只海鸥在迎风展翅，它们自由翱翔在清新的空气中、翱翔在蔚蓝的天际里。岛屿面积不大，却仿佛被所有的幸福萦绕。我们踏上崎岖不平的路，环岛欣赏一圈。远方如诗如画，青山连着青山，上有晴空万里，下有惊涛拍岸，黑尾鸥的鸣叫声与海浪声此起彼伏。整个岛屿只剩下我们两名游客，岛屿的周围是茫茫海水，有几只小船在迎风破浪，不知要奔向何方。登上高峰时，所有景物都化作一整幅画面，定格在一只海鸥划过长空的瞬间。沉默的小小海驴岛，不像科罗拉多大峡谷那样广阔无边，也不像其他旅游胜地那样盛名远扬，它就这样默默伴着海涛声坐落于世间一角，踏实梳理着自己独特的心绪。今天我有缘来到世界的这一角，与海驴岛相遇，领略它的美丽。

这座寂寞的岛屿，沉静在世间的角落无人问津，却是黑尾鸥的天堂。细看山坡上住满了黑尾鸥，有欲试着展翅飞翔的，有庇护着自己身下的小海鸥的，有站在桥墩上看风景的，还有在破旧的小店铺里偷鱼食的。我买了一包鱼食，用长签挑起小鱼高高举起来，就会有海鸥飞着把它叼走。就在一瞬间，一刹那，长签上的鱼就被夺走了，连拍张照片的时间都不留给我。我不禁感叹，世间竟有这般惬意的美景，我本想把这处景点推荐给更多的人，却又打消了这个念头。看那海鸥们在人烟稀少的地方飞得多么快乐，看小岛在这静默的地方滋生出多少诗情画意。这里是大自然的净土，希望黑尾鸥们在这里自然繁衍着，幸福着，沉浸于这世界的美好。

有一只受伤的黑尾鸥趴在垃圾桶上，时而呻吟，时而痛苦地挣扎。据工作人员说，它是被昨天的游客弄伤的，受伤之后不吃不喝，只能等待死亡。它充满哀伤的双眼总是望着天空中在自由飞翔、觅食、嬉戏的海鸥们。它的生命也本该与它们为伴，却因为人类的暴力而再也无法飞翔，再也见不到自己的孩子，再也无法体会这座岛屿上的幸福了。在痛恨人类某些残忍行为的同时，我也感慨着命运，感慨世事无常，看似充满美好的地方，也会有悲伤的故事。我却无法挽救那只海鸥的生命，只能坐船从这里离开。海风又吹散了阴云，送来暖阳，白云又与蔚蓝的天空相遇，阳光下海鸥们的叫声多了几分活力。那只受伤的海鸥依旧无助地仰望着天空，或许，看过多少阴晴轮回后，它会彻底从这世界离去吧！只愿它来世还能徜徉在一座无人的小岛上，无忧无虑地等待每一次日升日落吧。向前走，还会看到更多风景。这风景中悲剧的一幕，却让我无法释怀。人生，终究要领悟世间的种种不幸与悲伤，也要经历这样无能为力的离开。

归途中，风浪依旧很大，我们向美丽的海驴岛挥手道别，不知今后还有没有再次遇见它的缘分。曾经与多少人，多少地方，多少光阴这样匆匆挥手告别过呢？曾走近过多少良辰美景，最美的，终究还是埋藏在心灵深处。

我曾经去过的每一片海，遇见的每一座山，走过的每一个城市，都是今生有缘。就算脚印被来日的雨雪湮没，我还留下一篇篇写给自己的游记。我匆忙收拾好行李，匆忙道别了威海这座城市，惋惜与不舍或许是多余的，这只是万里旅途中的一站。我们在烟台住的酒店，窗扉依然面朝大海。那里的故事，又是另一片海，另一篇文字了。

2017 年 5 月 22 日

未来的馈赠

　　黑夜里的远方藏着未知的漂泊。有人远行为了寻觅未来，有人远行为了逃脱当下，而有人的远行为了踏入远方的自由。虽然生活的每一天都在路上，可只有坐上飞机，乘上火车的时候，通往远方的脚步声才是最清晰的。望着动车窗外，那些与我擦肩而过的陌生风景，夜色里最清晰的，是看得见听得见的远行。动车行驶的嗡嗡声，摆满整个车厢的行李，和面带喜悦或沧桑的乘客。坐上新开的D311次夜行动车，躺在舒适的卧铺上，看着手机里去上海的行程计划。此刻，我沉浸在一次夕发朝至的远行中，身向未来，心归旧梦。

　　成长确实是一件有趣的事，它会听你许愿，却先隐瞒着你，把所有绚丽多彩的未来藏起来。等岁月跨过朝朝暮暮，等你踏过千山万水后，再一次次化作惊喜赠予你。就像从前我们不知，某年某月的某一天，我们会乘着夜班动车远行，离开生命中初始的旧地，到遥远的上海去见识大都市的华彩，去乌镇品味江南小镇的人文风情。就像我曾经不知，对着云朵许下远行的心愿后，我会把余下的青春留给远方的他乡，一个人远渡重洋留学，领略孤独的深处是年轻的潇洒。一个人从北走到南，淋漓着雪花，望遍春城。或许未来的未来，我们这一行人终究会走散在某个年纪，年少时的欢欣与哀愁也彻底泯灭在时光倒影中。我们被遗忘在旧梦里，被新岁月的雨洗礼成一个崭新的自己。朋友，或许你为了生活在工作岗位上拼搏，开着车路过一条又一条街巷，在人海熙攘的地铁里艰难穿行，一天又一天。或许我们读了一句"生活不止眼前的苟且，还有诗和远方"后，就在生命中增添了很多次旅行，有时穷游于山水之间，有时奢华地吃一顿米其林大餐。朋友，未来的某一天，我们真的走散了，那时冬天还会飘雪，秋天还会结满金黄的诗页，你依旧踱步在生活里，置身于嘈杂却不乏精彩的尘世中。

向前远行吧，未来还会给你许多许多惊喜的馈赠。有凝望他乡明月时的坦然，有写下诗篇的长旅，有意想不到的恋人，有来年春日的第一眼晨曦。未来的馈赠，会让你想回到久远的从前，告诉那个只因被训罚而哭泣的孩子，别怕，未来你会遇见唯愿你快乐的朋友，莫愁前路无知己。未来你会在晴空万里中坐着缆车敞开心怀，登上山顶时你会面朝游云笑看人生。未来你会遇见一场美妙的爱情，有一位爱人将会伴你共度余生。告诉那个还在为平淡的年华写诗的少年，未来是一本精彩得超乎他想象的书，沿着岁月和命运的那条路走下去，前路有属于青春时代的城市，也有属于中年、暮年的醇酒。

夜晚的车厢鼾声此起彼伏，邻铺的中年人们早已入眠，我们两个还没成熟的大孩子还在微信里互刷着表情包。兴奋使我们毫无倦意，我们听着歌期待着明日的行程，写着游记看着黑漆漆的窗外。珍惜这个年纪吧，这个年纪可以为远行而激动，为陌生的风景而提笔写诗，在久违的重逢相聚时打打闹闹。年轻不仅可以无限憧憬着未来，期待着未来的馈赠，还可以把过往的每一丝气息都当作快乐和潇洒的理由。

我把这张票根装进了口袋里，装进心底，更装进了生命的行程里。等清晨的第一缕阳光洒进车厢，我们已经走得很远了。我们伸出手，迎接那神秘的未来，下一秒，下一日，下一座城市。有些馈赠轻而易举地被风吹进眼眸，有些馈赠需要我们用脚步去丈量，去世间的每个角落寻觅，寻到后还要把它塞进心间，去品味，塞进灵魂，去思考。或许等未来的馈赠被年轮披上灰尘后，才会散发出最珍稀的清香。崭新的上海行程终于开启了，我们总算来了，上海旅行是我们年少时的梦想，是未来给予我们的馈赠。

2017 年 7 月 10 日

浦江两岸

　　我们终于盼到了长途动车的终点站，上海，这座被无数文艺作品描绘，被影视剧取景的城市，中国排行第一的商业化大都市。曾听过老歌《夜上海》，看过电视剧《上海，上海》，也结交过上海的朋友，对于上海我早已神驰许久。今天终于走进这座陌生的大城市，新鲜感、喜悦、兴奋，和一丝对于陌生的畏惧都积聚在心头时，旅行就真正开始了。

　　想认识一座陌生的城市，我们决定先不去著名的景点，就在普通的街头转一转，看看在这里生活的人，每天行走在怎样的氛围里。上海的大部分街道并不宽敞，自行车被禁止骑上人行道，行人走在其中便十分惬意。两侧是陈旧的建筑，仿佛走进了久远的年代。朋友和我都对这些历史遗存下来的建筑赞不绝口，民宅、庙宇、亭台、楼阁、城墙、照壁、牌坊，有些十分漂亮精致，它们与现代建筑相邻显得别具一格。不得不说，上海人对于老建筑的重视程度和保护卓有成效。与现代花哨的大楼相比，老建筑更加能体现出一座城市悠久的历史和独特的文化内涵。外滩的"万国建筑群"带来的震撼，不亚于发达国家的市中心。在这座著名的大城市里，一处繁荣昌盛，涌动着人潮，演绎着现代世界的激情与疯狂。一处又沉默安详，铭记着讲不完的历史，纪念着旧岁月和那些盛名，或被埋没的故事。

我们乘坐地铁来到了新天地，地铁是大都市的标志，迄今尚未发现哪座城市的地铁里人少。与在北京的感受一样，我们被簇拥的人潮瞬间"推"出了地铁口。新天地也像北京的王府井、西单一样，由很多座购物中心组成，吃喝玩乐的店铺多得目不暇接。童心未泯的我们选择了一家熊本主题店，坐下吃起了冰激凌蛋糕，喝起了可可。这些食品饮品都是以熊本为主题的，要么直接做成熊本的样子，要么把它的形象做成一块巧克力，插在冰激凌上。据说这是中国内地第一家熊本主题店，卡通设计师是怎样让一个卡通形象变得火爆，又上市成了主题店呢？恐怕这是值得我深思的方向吧。惬意的下午，我们吃着蛋糕度过，在陌生的街店里忆往昔，各自谈谈积攒了一年的心事。走过很多年华后，有些或许悄然易逝，有些却永恒地在生命里驻留。上海的大街小巷随处可见外国友人，原来，吸引、包容着很多来自不同文化的人，才是上海最大的亮点。

傍晚，我们在浦东八层的大型购物中心里吃了一顿简单的晚饭，昂贵的高档饭店让我们几个学生党望而却步。夜晚，我们去外滩乘船，用两块钱的票价换来一场惊艳的绝世美景。黄浦江两岸的楼塔上，滚动的五颜六色字母，大屏幕上播放着广告。环球金融中心、东方明珠……多姿多彩的楼宇争相在人们的镜头中散发光彩与魅力。轮船在江面上缓缓行驶，夜上海，江上夜，就像时光一样。无论走到哪里，风景总要慢慢地看，夜景更不用着急，夜深了，总要为梦挑选一幅美丽的背景吧。不知究竟是谁点亮了城市的夜晚，是发达的科技？还是沉静的天空耐不住寂寞，朝着楼塔洒下星月之光，为外滩的夜晚赋予了生命。大自然的神奇画笔把高楼的模样对称地倒映入江水，每个夜晚，都是黄浦江最浪漫的时刻。

我们结束了在上海第一天的行程，朝着市中心的反方向走去。身后的霓虹还点缀着繁华，闹市街头的人潮始终没有散去。不知这城市在夜晚入梦后，奇光异彩的大楼会不会沉睡在黄浦江两岸，等日出后再把繁华洒向人间。

记下吧，人生的旅程像一幅长卷，步伐和眼眸是笔，心是灵感的源泉。或许我们偶然在纸上描绘了相同的地方，但当它融入我们生命中的其他过往，交织于我们自身独有的个体特质时，就会变得与众不同。专属于你自己和你身边的故事。

2017 年 7 月 11 日

东 方 明 珠

　　旅行就是走走停停，累了在路旁的咖啡馆小憩，然后继续把后面的路走完。听着歌，拍拍照，看完一座城市的朝暮后，就在倦意中结束这一天。光是这些，就足以让这个七月不平凡。

　　午后的东方明珠没有夜晚那般风韵，也不像清晨那样用绚丽的身姿催促上班的人们打起精神。它在烈日酷暑下默默等待一批又一批游客的到来。排了一个多小时的队让我们兴致减半，却还是最终到达了第二个"球"里。上过九十四层楼的我，对于高度没有什么太多稀奇感。放眼望去，上海的楼十分密集，又是一处繁华人间。室内的各个方向都标着中国城市的名字，按照这个方向直走多少米，就可以抵达某座城市了。大家都兴致勃勃地寻找自己的家乡，对于离乡的人来说，兴致勃勃中也会有乡愁吧？自己故乡的方向，总有最美的风景，有一小段黄浦江，或许还有几座夕阳与暮雪的村庄。记得我在异国留学时，常常眺望窗扉，凝视候鸟远去的方向。我不知道哪边是家的方向，只知道家很远很远，所以只能眺望着远方。或许有一天我不再经常归乡，或许有一天我遗忘了乡愁，沉迷于他乡的花好月圆。时光会冲淡记忆，也会把尘埃带进质朴的心田。倘若心从前所在的地方，不再驻扎在心里，曾经的故乡就彻底被淡忘了。

东方明珠里有玻璃观景台，有室内过山车，还有游戏厅。里面的人沉浸于欢乐，外面的人在仰视欣赏这座盛名建筑的样貌。它好像一个人，内心丰富，外表沉默而端庄。傍晚，外面下起了小雨，夕阳与窗外的楼群镶嵌在照片中。最嘈杂喧嚣的浮华人海，与优雅诗意的自然风光和谐共处的画面，在上海的傍晚里，深入旅人的心怀。再回望一眼东方明珠，豁然明白它并非一座大厦的名字，它就是这座城市，上海，矗立于世界的东方。小雨拍打街道的声音，在催促我们结束又一天的行程。

我和朋友闲在宾馆里，随意聊着心情，聊着各自大学第一年的生活和见闻。大学是个可以见多识广的地方，各色的人与事令我们大开眼界。大学里打破了当初穿着相同校服，来自同一个城市，坐在小教室里的那份单调统一，不变的却是我们共同的梦。行万里路读万卷书，写发自真情的诗歌，在所见所闻中拥有独特的思考，在大千世界中坚守自我，不负青春，是我们共同的追逐。

离开上海之前，我们又去逛了南京路的步行街。走在迟暮里的外滩上，又见几艘霓虹闪烁的轮船在黄浦江上缓缓驶过，人们眼中的夜景寂寞惘然。外白渡桥是个神奇的地方，或许因为它是爱情剧的外景地，吸引了很多对新人来这里拍下象征爱情与海誓山盟的婚纱照。在簇拥至极的人海里，唯有穿梭在其中的爱情令人心安、沉静，这份神圣点缀成为外滩一道亮丽的风景，新娘的红裙随风上下微微飘逸，被黄浦江的轻浪撩起。迟暮后，我们就该告别这座城市了，回宾馆的路上，所有的上海风情一一谢幕。曾经这样惜别过多少后会无期的地方，但至少此生我到此一游，在年轻时候的某年某月。

　　明天一早，我们就要离开喧嚣的城市，去乌镇寻找极致的诗情画意。我是来自北方的游客，有幸在江南的土地上留下一页笔记。

2017 年 7 月 12 日

观 大 安

远走他乡之后，总有个地方可以让你停下来歇息，在异国留学期间，太多人与事交织在朝九晚五的日子里。当拾起旧岁，回首往事，白山黑水之间有个叫作大安的小城，小城郊外有一条嫩江，那是我每年必定重游的故地，也是我的北国故乡。虽不经常想起，大安却始终埋藏在我心底，未曾忘记。它像一朵落花，被人潮、被霓虹淹没在流光溢彩的闹市，却默默纪念着几度缤纷的夏天。

"好久不见，大安。"当飞翔宾馆四个字映入眼帘，又是一年的四季轮回。这座炊香袅袅，车水马龙的小城市，承载着我前些年的记忆，今天，它更清晰、更真实地呈现在我眼前。穿过熟悉的街头巷尾，路过一家挨一家的店面，还有我最爱的"碰碰凉"冷饮店。离去的时光似乎没有那么长，我似乎也没走得那么远。我与大安的缘并非在此生活成长，然而却有一份不可动摇的约定，一年一次的重逢，它在我心中是无可替代的故乡。除了新年除夕，一年中还有其他事情也会敲响年轮的大钟，比如九月的新学年，比如三月的第一朵春花绽放，比如十月的秋枫又染红惆怅的心绪……回大安，像是一枚重要的印章，深深烙印在每个年轮的七月底。等盛夏的雨季来临，我就该背上行囊回大安了。这个约定像四季一样永存于年轮，渐渐成为我的行程表中不可缺少的一程。

嫩江湾湿地公园的夏天，演绎着大安这座城旷远纯净的诗意美景。眼前芳草萋萋，微风吹绿大地，抬头碧空祥云，蜿蜒的小木桥下，湖水里柳枝轻轻点出波心，绘出一幅动画幕布。船只停泊在江水中央，不急不赶，反正早有日出可观，晚有夕阳可看，像极了这座小城里人们的生活心态。嫩江湾的风还会一直吹，吹到遥远的季节，吹黄叶子，衔来雪花，再吹绿春天，唤来游客。唯有大安的故乡人，有幸将这里的所有风景收揽在生命里，融于生活日常。我却是过客，来年仍是，骑着单车也没追逐到傍晚的残阳。

故地重游，必要再会旧友。大安有一群亲朋好友，把爱的故事装进酒里，在举杯的一刻把醇酒洒在彼此的心头。当我们都经历过一年的酸甜苦辣之后，当所有悲欢离合都暂时遗忘之后，在一个晚风呢喃的迟暮，我们欢聚一堂。摆上串儿，倒满酒，彼此诉说着过往，我从异国归来又回大安，你从不远处的小城姗姗来迟。我的一年里是乡愁与成长，你的故事里有家事和生计。我们用一年的脚步换来今晚的重逢，用冷暖交织的春夏秋冬换来今夜的碰杯畅饮。聚首稍纵即逝，可生活却令人回味深长，并非所有时刻都如烟花般美满绽放。

有人问我为何这般喜爱大安的"碰碰凉"冷饮店，我坦诚回答：因为有情结，我与大安有情缘。这里不像大城市那样繁荣发达，也并非养育我的地方，但我还是要按时归来，为了心头难以割舍的嫩江情，因为这个故乡是我的生命之根。对一个地方一旦留下情怀，它即便很普通、很遥远，也变得不再平凡，有情结缘才能真切地深入心怀，就像深爱着一位远方的故人。我与大安有往事，有留在月光下的沉甸甸的记忆。回首时，我仿佛坐在嫩江的小船里，小船漂游在旧时光里。当我一路向前，大安仍会留在我生命的未来时光里。

像往年一样，一周后我还将离开。一别又是一年，一别又要等候下一次花开。这期间我又要远赴他乡，在学业中前行，还要为乡愁作诗。大安，我走了，虽然只能在春花秋月时常常想起你，但我们来日方长。来年，我还站在嫩江湾的小拱桥上，等余晖，等着与故人聚首，我还要走进大安的七月。当我已经走过了千山万水，蓦然回首，那时嫩江湾的小舟还在漂游，大安的炊烟依旧袅袅。故乡，别来可无恙？我又看了几场异乡的暮雪，又为春天写了几首絮叨的小诗。

2017 年 7 月 28 日

沉思星语

这般浸染了秋色而别有的孤独，
和因这流年的秋而更显明艳的惬意之
感，何时才能再有呢？就算再有或许
已不在这座城市，就算再有也不再是
生命中的年少时光。

秋 的 脚 步

　　我脑海中秋的画面，是穿上一件在衣柜最里面放了许久的帽衫，清晨出门时走上一条铺满金色落叶的长路，没有冬天的严寒，没有夏季的酷暑，风大了就顺手戴上帽子，中午暖阳高照就拉开拉链。从小到大，秋天留给我的似乎一直是这样的画面。儿时的我能感受空气里那微凉的气息，当某一天出门偶尔凉风拂过，总会默默感叹一句，嗯，秋天来了！随后昂首看看树上的叶子有没有变红，再继续走在秋高气爽中。秋天和其他季节一样，记录着年轮。也不知在这些秋的轮回里我有没有长大？忽然想起今年这个秋天也许是我在北京城度过的最后一个秋季了，意味着我在少年时光最后一次穿着帽衫长裤，揣着一丝惆怅，走在满地红枫的北京街头了。

　　也许从前我并不理解秋天，从未品透它带来的幽静淡雅。记忆中，它会让人放下手中的冷饮，让人穿上长衣长裤。小时候写的诗里，我只能从秋天里挤出一些诗意。后来长大了，年年领略到一叶知秋，几片红叶就能简约概括出秋天的样子。秋在四季轮回中是那么的平静温和，谁知秋的灵魂像那不急不躁的心绪，好像从心底莫名涌起一阵悠然自得的感觉。谁念秋天里那优哉漂浮的白云，从蔚蓝的天际向人间散发一阵阵清爽。依稀记得小学课本里有描写秋天的文章和段落，当时那些对于我只是上课的内容，今天再回想起那时的句子，更多回想的是童年的时光。想念小学时的秋天，坐在教室里上语文课，大声朗读着课文的日子，那时候真是应景呀，或许秋天原本就有像童年一样无忧无虑的特质。

找一个街角少有人去的咖啡店，沏上一杯不冷不热的柠檬茶，坐在靠窗的位置望望蓝天，似乎只有这样才配得上秋这个诗意满满的季节。或者晌午与同窗好友流连在一座天台上的秘密花园，那是个与云和天空，甚至与自由最接近的地方。之后回到教室里，默默盼望早些下课，早些与校园外傍晚的秋相逢，盼着盼着便趴在课桌上，在静谧又浓浓倦意的时间里睡着了。回忆秋天的往事，我又想起曾在随笔本上写过的作文结尾，还有补上的那句"十月的寒息来了，愿寂寞也都是月下的。"想想这些惬意安宁都是以前的日子了，曾经"身在秋中不知秋"。在北京度过的最后一个秋天似乎少了些什么，却想趁着它还未完全逝去，拼命吸吮它的气息与真意。

秋，我倚在窗前思考。嗯，我想走在一条长街，看落叶纷飞，享受云淡风轻。秋，我躺在秋水静静的湖畔涌上倦意。嗯，我想做一个长长的梦，最好梦见往昔，最好梦见只能用天涯海角形容的未来。秋，给我一个可以坐在月下的夜晚，我想借着月光数一数走过的日子，再感叹回望匆匆那年，所有这些感知或许只有秋能带给我，就足矣。

这般浸染了秋色而别有的孤独，和因这流年的秋而更显明艳的惬意之感，何时才能再有呢？就算再有或许已不在这座城市，就算再有也不再是生命中的年少时光。待来年北京城漫天枫叶时，不知异国他乡是否也秋高气爽。待多年后落叶铺满长路，走在路上的一定不是当初的翩翩少年。曾为少年载着丝丝惆怅，阵阵欢喜的秋风，多年后又要为他承载多少故事与回忆？

家乡的秋，请多停留一会儿。停在家门前，停在年少时常走的路，停在我把岁月埋藏的地方。停在心中让我可以带到天涯海角，让我可以时常追忆。还有一生呢，还会有多少个秋天？真希望永远像儿时那样，当某一天出门遇到凉风拂面，便在心中默念一句：嗯，秋天来了！或许再情不自禁地加上一句，我最爱的季节来了。随后昂首看看树上的叶子有没有变红，再继续走在秋高气爽中，或许多了一分成熟，多了一丝迷惘。生活本该犹如秋这样淡淡，淡出悲喜，淡出悠然。

秋，请多停留一会儿，我也慢慢地走，一分一秒，朝朝暮暮，走向生命的远方。然而当我越走越远，总怕忘记年少时秋的气息、秋的惆怅，谁不想留住生命中的美好呢？我把对秋的初始记忆和眷恋印刻在诗歌里：

那个秋天走后

可知，那个秋天走后

风筝飞到了云空尽头

再没有童谣淌进心河

我却读懂了沧海的哀愁

可知，那个秋天走后

我在人间多了思念的理由

月牙不再代表洁白的小舟

岁月却还是一路走，一刻不停留

可知，那个秋天走后

茶几旁的诗篇越来越厚

幼时紧倚青枝摇荡在门口

谁知后来我也有了乡愁

可知，那个秋天走后

一代人彻底道别了年幼

我带着笑靥走向这世间深处

后来，遇一段事，斟一杯酒

2015 年 10 月 28 日

冬 日

　　熬过一个漫长的夏季，阳光下大汗淋漓的感觉仍旧挥之不去，误以为我的生命属于炎热的夏季，忽觉某一日竟然变冷了。这冷带给我一丝陌生，穿上厚重外套的感觉好像忘记了许久。我真的身处过这样冷的天，穿着棉衣，在漫长的冬季生活过吗？走在长街上，品味着冬的寒意，忽然回想起，其实我认识这季节。这冷冷略带芬芳的寒息，自己嘴里呼出的白色寒气，还有被冻结的心绪，还有夜幕早早落下的深蓝色天空。冬日的天空匆匆黑迟迟亮，好像二十四小时都缩短了，一时期待夜幕，一时期待天明，星移斗转。或许我从未远离过这样的冬日，只是在四季轮回中忘记了曾经的自己。

　　暮冬里的步伐总是悠然的，在一年的最后两个月里慢慢走向年末。我不会抱怨夜幕来得太早，倒希望有机会在傍晚时分上街走一走，跟久违的冬天打个招呼，与寒冷也热情地拥抱一下。我的冬天有许多固定的画面，与最亲密的朋友在圣诞节到来的时候久别重逢，相聚在冬季，离别也在冬季。我们总会在霓虹刚刚亮起的时分，选一家街边的餐厅相约。伴着窗外的汽笛声，有时还有一轮圆得正合时宜的月亮。寒暄、说笑，那一刻觉得人群拥挤的繁城在傍晚与夜交错的时候也是诗意盎然的。离别时，我总会走一段长长的路，惆怅、沉静、感慨凝聚在心头，这样的滋味与繁城的冬夜相配，变得更有一番意味。

年底的日子似乎过得很快，由于我的生日在新年的开场，每到一年的结束就代表我的一个年纪又走到了尽头。一年的故事，这个年纪的故事，都在每一年的暮冬涌上心头。我感受到思绪与诗意的泛滥，觉得该好好回忆一下时，却记不起什么。等来年的春色满园时，旧年的春的记忆会不由自主地徘徊在脑海。嗅觉、视觉与老故事里的相似时，回忆才重现，就像定时的电影一样。就像此刻在冬季，我的思绪里满满都是去年冬天的过往。

年年走过四季，走过三百六十五个日日夜夜，也走过那昏沉的冬日。十二月的冬，与友人相逢后又别离。一月的冬，伴我迎接生日和所有人的新年。二月的冬，最美的总是烟花绽放。暮冬的日子，总有我期待的远方。这样的感受大概从童年就开始了，或许童年能期待得更多，童年有更多的欢歌笑语。熟悉的地方，熟悉的人，熟悉的寒息。现在，因为我长大了也好，因为长久习惯了也罢，冬日在我心中渐渐平静安宁下来，给了我稳稳的幸福感。我对这样的冬日渐渐依赖，不愿离开。

冬日的情结，是沿着家乡最熟悉的长街一路走下去，是年少的自己，心绪间总藏着一两句诗。这样的日常不一定在冬天，却有着冬日的沉默与安宁，有着雪中那浓郁的诗味。年少，故乡，与暮冬的沉静，这三者交织的岁月恐怕只剩下今年年末了吧？往年的冬日我还没想过这样的日子渐行渐远了，今年却在睡梦中猛然意识到它在消逝。明年的冬天我又在哪里过着另一番岁月？或许像我在故乡度过的往年一样，它将是另一段漫长的日子。待我几年之后漂洋过海归来，我还认得故乡的冬吗？它是否还认得我？当时过境迁后，倘若我年少时不在故乡，回到故乡时已不再年少，选择了去漂泊，就远离了曾经属于我的……今年的冬日，仍旧慢慢走向年末，希望再慢一些吧，我多么希望在这样的日子里一直生活下去。再见了，我十几年梦幻般的故乡冬日。

成人礼之前的最后几篇作文，落在去年我最喜欢的日记本上，再没有老师催促随笔作业了，所以许久没有写文章。这些天暂时别离了中学校园的我，无比想念放学回家的傍晚，和那条走了好几年的路。或许我留不住年少时走向尽头的故乡的冬日，但它的安宁与诗意，和那隐隐期待着什么的感觉时刻缠绕在我心头。让冬日残留下的寒息，在每一个季节、每一处、每一段时光里飘散吧。在那遥远的属于天涯海角的冬夜，满天星辰时，当偶尔忆起年少时故乡的暮冬，我定会在新年问候一句：故乡的冬日，别来可无恙？

2016 年 1 月 28 日

奈何平凡

"我来自偶然,像一颗尘土,有谁看出我的脆弱……"歌中唱出一颗感恩的心。我在人潮之外,归于平凡,所以感恩。

在这龙男凤女辈出、竞争激烈的年代,学霸的世界我不懂,因为我从小平凡得如沙粒。在孩子的群体中,我没有聪慧的大脑,没有小姑娘乖巧淑女的气质,也看不出能力和才华,总之在我身上几乎找不到可以夸赞的亮点和过人之处。在没有被人给予过多瞩目和期待的童年时光里,我孤独地感知着我的生命,明白生活就是这样,一天一天地过。

入小学之前,我既没开始汉字扫盲,也没有学习奥数,所以在小学老师眼里,我是不折不扣的"特殊人物"。或许我天生有一种不较劲儿的平凡心态,使我在逆境中坚不可摧,顽强地长大了。记得那时我与同学朋友们玩耍时,我的存在总是被忽视,连调侃嘲笑也落不到我身上。或许这样过度的被遗忘,给了我一个安静的自我世界吧，今天我想起曾经的自己，脑海中总会出现一个戴着耳机的孩子，独自走在山路上，她并不孤独，因为她的心中填满了想追上彩云的梦。是的，不知为何，那样平常的我并没有孤独感，也没有感到自卑，或许因为太弱小而没有更多的感知。甚至当舞台灯光照耀着别人眼中那些优秀的学生时，身处角落的我只感到一丝朦胧的自由。我说不清因何缘由，也许是心中有一场尘世之外的梦，也许在我自己的世界里另有一片天地，寻到了别样的愉悦。

属于我自己的一份愉悦无须众目睽睽，而是需要平常心来保持它的纯粹。在平凡中，我靠近清晨的窗口，无意间瞥一眼不加滤镜的花蕊。在平凡中，我走在湖畔远离人群的小石径，寻找天上孤独的星辰。在平凡中，我为自己的眼眸设计图画，为脑海中划过的云影谱写韵律。当吟咏出只有自己和影子明白的情感时，我骄傲得像一位站在山顶弹吉他的歌者。在平凡和清静中成长，我只想把感触到的花草虫鸣装进自己脆弱渺小的躯壳，然后淹没在人海，等待傍晚时分来临。

平凡之人所以有平凡之心，我只想把生活日常过成一首淡淡的歌。就像那首《感恩的心》："天地虽宽，这条路却难走，我看遍这人间坎坷辛苦……"歌中舒缓起伏的节拍旋律，蕴藏着有人懂也有人无法理解的感情。这是一首平凡的歌，美若一个少年，在热烈掌声与雀跃的人群中默默转身离去的背影。难道聚光灯背后的平凡就不美吗？或许正如那悠扬的歌声，歌的忧伤韵律中也散发着心境的醇美。平凡是一首清淡的歌，不会刻意迎合潮流，灵感源于某个突如其来的雨天，滴滴答答的音调打动着平凡心。

平凡即命运，平凡的模样，平凡的心绪，柴米油盐般的拥有。我骄傲地抬起头仰望天空与云海，我应该感恩平凡，还是该随遇而安，无所抱怨呢？曾经，《窗边的小豆豆》那本书被我翻烂了，我与主人公小豆豆一见如故、似曾相识。还有它的续篇《小时候就在想的事》，小豆豆怎么会跟我想那么多一样的事？这两本书里的故事我烂熟于心，她们一直陪我长大。后来的后来，我有了自己的作品、自己的诗集，神奇魔法师把我也变成小豆豆长大的样子了。那以后我得到的表扬不再是客套话，可是赞美声里多了世俗的理由，甚至有时感觉荣誉像一把枷锁，把我凝望空灵星芒的眼眸拉回世间，强行把我的目光拽向一张张面孔。我清醒地意识到，我没有得意骄傲的理由，因为还要走更远的路，一如既往地走下去。"感恩的心，感谢命运，花开花落，我一样会珍惜。"奈何平凡与孤独是我心灵深处的初衷，性格使然，或许正是灵魂的渴求吧。

如果问我想要什么样的生活，我想从一个只会在风筝上涂鸦的渺小脆弱的孩子，长成在风中放声歌唱的少年，再到只因生活里小小一点儿趣事而憨笑的中年人，最后变成讲完一生的平凡故事便扬长而去的老者。就像当初那个只有平凡心的普通孩子，在无人注目的荒僻小路上，骑着单车，吸吮着风的味道，吟着自己创作的诗，哼着自己谱写的旋律，悠然走向长路尽头……

2016 年 3 月 18 日

读 后 感

　　再读《孤独的亚人类》，像是很久不见的老友。字字句句虽然都是自己写的，竟有些许陌生。回忆当初，竟然有了新的感受。

　　曾经，我带着你走过年少的四季，也会在不久的将来带着你行走世界，千山我独行，唯有你陪伴。曾经，我带着你看遍心花初绽的地方，看遍血脉的源泉。你敞开胸怀拥抱的那条不起眼的石子路，延伸到童年没有月光的夜晚，延伸到走得太远的故人心中。我还将带上你，你带上情，我们一起去远行。

　　我发觉只有一个人游荡才配得上你"孤独"的名字。我带着你，从春天开始，把那早年给予我灵感的路途重走一遍，我感受着你的温度。你蓝色苍穹的外表下是那丰富饱满的魂魄，是初春的花蕾与十五岁的脚印相逢，是雾霭茫茫的繁城沉寂在我向往星辰的眼眸里，也是童年仲夏夜的虫鸣，轻吟出一首首稚嫩的短诗。有时我还能找回当年的季节，当年的气息，可过去的年岁却再无法随着初融的溪水流淌在生命中，它藏在暮冬的残雪里，被路人踩碎了模样，化作温暖的记忆，永恒定格在身后的路。

让曾经与崭新的年华合个影吧。我手捧深蓝色的曾经，让它亲吻十八岁经过的路旁的树梢。落花时节有曾经不可缺少的诗情，有曾经向往的真实。我让曾经拥抱落下的花瓣，拥抱整个季节。曾经，拥有一个名字：《孤独的亚人类》

名字注定了你的孤独。孤独，是街角无人问津的电话亭，是破旧不堪却依旧伫立风中的指路牌，也是等待云朵从眼前完全消失的那一小段时间。你倚靠在废旧的电话亭前，看整条街人来人往的样子，与孤独的心绪是那样般配。般配得仿佛属于一幅水墨画，般配得我能从孤独的名字中看透你的初心，般配得我不想把你匆匆拿下来带走。假如你的灵魂与孤独般配，那正是一道和谐美妙的风景。就像残阳下牵着狗的老人走过一条空旷无人的长街，就像麦田中奔跑的孩子，在黄昏中只剩下黑色的影子。

我的那本处女作诗集，有着忧郁的蓝色，我带着她与花草树木合影，以山石河流为幕布。或者与一杯热茶放在一起也像一首完美的歌，又好似一幅尘埃不染的画卷。世间万物都愿与其相映衬的，不正是年少的诗情吗？手捧着它就像捧着岁月，它时刻提醒着我，不忘年少那样美好的时光。美好，莫过于学生时代在书本满桌的夜晚，幻想一场星光熠熠，莫过于与时而吵闹的好友，坐在天台讨论着风的方向。美好，莫过于放学后出了学校大门，就走上一段孤独、却满心诗意的回家的路。原来，那些年华就像站在山顶看风景，远看才美，模糊的点点滴滴都浸透心扉。

诗，结集成册后便成就一段年华，终将有一天，我要带着她离家远行。她沉默的灵魂将陪伴我的万里行程，与我同行的一路，我们将一起遇到似曾相识的天际。她不会忘记提醒我，梦最初的源头，始于写下她的青葱岁月，梦将跟随她陪我走过故乡和远方。《孤独的亚人类》，所有诗章都在属于她和我的季节里过往着、行走着。

2016 年 3 月 20 日

夜色阑珊

小时候，对于夜的印象还停留在童话书中那几颗会眨眼的星星，没有浓浓的思绪让我隔窗凝视夜空，也没有往事让泪光与夜的潮气融为一体，只有心荡漾在安宁空灵的四周，一直到天明时分。小时候，通常晚上八九点钟便早早入睡了，梦乡里的花草虫鸟早为我编织好一场安详的美梦。除了大年三十那天可以守岁，平时我从未体验过半夜十二点的气温，所以静夜的样子永远是幼年的一个谜。入梦了，不知蜿蜒的公路上是否还行驶着晚归的客车，不知黑夜里的小花园是什么样的，有没有一点灯火让它显得不太寂寞。夜的故事，一切都未知，我想去看看整座城的夜，甚至好奇夜城里人们都做些什么，又冥冥中期待第二天的来临。

后来上了中学，熬夜成了常态。夜的味道中总藏着朦胧的诗意，或者说是诗意渲染了夜的颜色、味道和声音。走在岁月中，我也吸纳了一些往事。夜好像诗人的故乡，一天落幕，心也跟着黑夜沉落在一片喧嚣与宁静交错的大地上，沉落在月光下波光粼粼的湖面上，沉落在没有噪音的窗边。朦胧的倦意引我迷醉在诗歌的字里行间，把从白天一路收藏来的春天，年少的泪与笑，沉淀在记忆中洗礼一遍，化作诗句。诗的音韵跟随记忆重新律动在笔尖，律动在一天的结尾。总觉得化作诗的记忆被赋予了永生，这样，过去的故事就不会被时光碾碎成灰烬。有时还会被倏然闯入梦乡的诗句惊醒，跟随诗句的娇媚，起身走向窗边寻觅漫天星河。夜里写诗成为我每天必须上演的情景，也是最后一幕，演绎着我与现实中的美好捆绑在一起的青春浪漫剧。夜里作诗，剧情就是一首长诗，我在诗里把一年又一年过完。

现在夜成了我的避风港，梦是一串串渲染港湾沿岸的霓虹灯，我在这避风港里描绘着不可抵达的天涯海角。那是落霞相逢了远方的海洋，是星光熠熠感动着躺在草原上看星的人，是乘着海湾里的一叶扁舟向南方远行的一路风景，也是曾经与好友在晌午的天台上摘云的无忧年华，还有小别往日故地时的悲伤。避风港的空气里，漂浮着思念的惆怅气息，也有对自然、对自由的向往。在夜里，我幻想着远方，蓦然回首忆往昔，世间的所有美景仿佛任由我编织。从思念的春暖花开到向往的冬日暮雪，从南到北，从异国的城堡到家乡的湖畔。每一段往事我都可以再次放映，从童年到青春的开场，我感叹着一切都太匆忙，夜里慢慢地想，竟然发觉岁月这般静好。

越来越期待城市被夜笼罩的时刻了，埋藏在心底的对自由的渴望溢出心头，百转千回到天明。尽管可以确定天明时不会有海浪声，晨曦也永远是神秘莫测的，但夜里的畏惧与期待诠释了对未来的情感。有时，我依恋这样的夜，恍惚不知两个夜之间的我去了何方，但却珍惜夜晚的每一秒，在夜间塑造着、编织着、享受着令我沉醉的美妙世界，把夜的世界抒写成诗章。有时，我多想像小时候那样，早早入梦，梦中有花鸟虫草，有几条蜿蜒的石子路。梦乡与夜更和谐相衬，梦中一觉睡到天亮，一觉睡到从前，恍如童话的天涯仙境。

大抵人生有三分之一的时间都在梦夜里度过吧？何尝不把夜当成每天如约而至的曼妙时分去享受、去期待呢？朦胧的幻想却是真实的沉醉，无论你去到何方都会有夜的伴随，何尝不把它当作一番美丽的景致？静夜，确实成为我可靠的寄托和心灵归宿，成为我热爱生活的一个理由。

2016 年 3 月 29 日

傍 晚 的 路

　　我从那阳光正好的晌午走来，一天过去了一大半。离放学、下班不远的时分，窗外总有只麻雀停落在树梢上，让我霎时间感觉平淡的日子原来是那么美好。一会儿，满城的车流人潮、忙碌在工作岗位上的人们和放学的学生，又要重复着和昨天一样的归途，回到各自炊烟飘香的家。对于长时间坐在办公室或教室里的人们，傍晚或许是一天中可以享受季节气息和体会生活味道的唯一一段时间。

　　我通常在放学后的五六点钟，一定要独自走完一段漫长的回家的路。这段路途能让我感受到我在这里过着一段生活，平平淡淡地走向年纪的远方。傍晚的路途，我走过了幼年、童年，一直到少年。傍晚的一路气息里充溢着熟悉的芬芳，它蕴含着岁月，收藏了过去好久的故事。我偶尔让它为我重映，重映得那么真实，我走在相似的街道和风景中，人却历经了那么多时过境迁。

傍晚的路上，走不完的是不同的思绪。傍晚，院子里放学的孩子们都回来了，重复着我童年的欢声笑语和游戏。而我自己正在高中时代的尾声，在傍晚的光景中能触摸到时光流逝的温度。

傍晚总是与夕阳有关，总能用诗情画意来描绘。我歇坐在路旁的长椅上，抬头就能看见霞光把对面的楼渲染出有些悲伤的色调。幻想又突然涌进脑海，楼里的人过着怎样温馨的日子？是柴米油盐的日常，还是孤独的老人在房间里度过余生？我多想去远方的村庄过一段日子，那里的傍晚时分是怎样的？类似的一连串的遐想总是在我脑海里不期而至，不知这些是我自己渴求的梦，还是遐想来自幽深又自由的山谷，沾染了那里的心旷神怡与空灵，听到我心魂的召唤后，来到我的心田，滋润一番我的精神家园。傍晚像个被束缚的诗人，原本寂寞又静谧的自我被喧嚣和人海填满。

傍晚的夕阳缓缓落下，仿佛在向世人挥手道别。我知道，傍晚在长街漫步总有些许期待，诱惑我带着欢欣和惬意走下去。万籁俱寂的夜，是每一天的谢幕，那时大多数人都已远离人潮，躲进自家的小屋里。劳累了一天，回忆每句话、每个步伐、每道风景的眼眸已默默疲倦。正是这时，心在微风拂叶声中变得更加敏感细腻，生活与诗交织的童话故事也不经意间在夜晚上演着，梦乡之门在向人们敞开。每天，傍晚陪人们等待着夜幕，傍晚逝去，夜幕降临，就这样轮回着、交错着，流淌出绵绵诗意。

一生，我还要走多少傍晚的路，长长的路却是不长的光阴，把我从幼年送向成年。因为它与岁月有关，所以一路上有故事的宝藏。因为它与夕阳有关，所以傍晚的路是诗意的源头。我一路走着，听从心声，拾起云霞间、草地间、流连人潮中的宝物。蓦然回首，我可为岁月惆怅，眺望远方。我可回望雪乡的傍晚，是否仍有缆车来来回回穿过夕阳？我过着一段日子，无论它属于幼年、少年或青春，傍晚的路上，我在心中喃喃自语，吟诵着自己的诗歌。

2016 年 4 月 10 日

十八岁的远行

　　学校定好了，机票也买好了，不停流逝的日子也告诉我快到启程的时候了。对于出国留学，我从拒绝到纠结，从纠结到接受，从接受到现在开始期待、向往。我清楚我这份期待，并非只是顺从父母的安排，而是我自己那颗诗心，对于远方愈来愈蠢蠢欲动，越来越不甘于停留在一处。只有去体会世界的千奇百态，诗人的梦才更加圆满。

　　十八岁，正是说走就走的年纪，背上行囊漂洋过海。没有太多难以割舍的，只有一颗坚定的、不顾一切地想去看世界的心。少了年幼时的懵懂和依赖，尚未担负起重重的责任，青春二字即可轻然抵挡压力和艰辛。这年纪少有城府世故，听长辈讲述的他们的故事不足以满足我对世界的好奇，所以我带上这个年纪的疯狂，要去外面的世界一探究竟，去经历、抒写自己的故事。

　　年少意味着自在与潇洒，漂泊和奋进正当年少。它是人生中短暂珍贵的资本，将令人终生回味无穷。当一个少年拉着行李箱，踏在陌生的、充满未知的路上，当他去追寻跨海扬帆的远梦，这身影，这场景，诠释了希望二字。一切还早，世界在少年心中还是一张洁白的纸，刚刚上路的年纪，什么都有希望。十八岁可以任随我的意愿幻想，我想画出四季最美的彩虹，我想写出脑海中浮现的诗句。我手中的那支笔，已经能够尽我自由运用了。终于明白人们为什么总对青春年少难以释怀，总幻想停留在十几岁，因为这段岁月的脚步没有踌躇顾虑，唯有心中流淌的梦是前行的灯塔。

十八岁一定要远行，在这令人陶醉的时节，不会有另一种体验比远行更刺激、更美妙，未来或许不再有这番填满春意的心境。看似幼稚的梦就继续吧，稚气未脱也是年轻的标志。带着心间泛滥的诗意，带着天真又为梦想而沉静下来的眼眸，跨越万水千山，远去异国他乡求学。无关乎镀金拿洋文凭，只因我有一颗向往远方的心。无关乎远方的模样，只因这个不安分、想飞上天空的年纪，跟随我那颗早已飞远的诗心。

像春天自然有花开，冬天自然有雪落，十八岁的梦像一剂迷魂药，让你情不自禁、毅然决然地去追寻，这番冲动或许只属于青春。十八岁的梦浇灌了心田，满溢出心头，想做的事做不完，还那样迫不及待，难以抑制地兴奋。我正拥有着最好的年纪，崎岖不平的山路算什么呢？有青春的日子连雨天都是一首诗。我敬畏这个年纪，唯恐自己把握不好它，既然选择了不羁地远行，我一定无怨无悔。在远行的途中写作，为自己留下足迹，更重要的是寻到那条通向未来的长路。"少年不识愁滋味"做什么都沉迷在幸福中，年轻就像一瓶七彩水墨，洒在无忧无虑的岁月上，为过往涂抹上美丽的风景。年轻自带美艳，少年游乐在其中。

三个月后，我将踏上异国求学的路，将自己在青春中彻底洗礼，去淋漓青春的雨，去吸吮青春的气息，青春里有漂泊远行。十八岁，我无须那超越年纪的成熟，不可辜负这唯一的年少时节，就该说走就走。

2016 年 5 月 18 日

童年，真的来过吗？

　　幼年时光，是否属于漫漫人生中的一部分呢？或许它只是一场美丽的梦，梦醒后依稀记得春天曾来过，却记不得每枝花的样貌。

　　常看到院子里嬉戏打闹的孩子们，就像当年的自己一样，而现在我们那时的小伙伴都已经高中毕业了。当年在院子里打雪仗的孩子，不曾想到自己长成大人的模样，小伙伴们都有了各自的梦想，历经着人生百态。年幼，多像是人生之外的一个花园，在那时的晴空万里下一路欢歌。在孩子眼里，离别和逝去都是静悄悄的，等反应过来、想起来时，童年早已过去了太久，连记忆都模糊了，便不会再有哀伤。一段与人生路无关的岁月到底被放在了何方？

　　曾经一起长大的玩伴，除了个别一两个还能偶尔遇见之外，大部分就算是擦肩而过也认不出彼此了，连姓名也变得那么陌生。哦，他是我小时候的朋友。说起来那样轻描淡写，那样平静。曾经一起在深秋的清晨捡拾落叶，跑到对方家门口，用稚嫩的童音大喊着对方的名字，仲夏的每个傍晚都在院子里游戏，追跑打闹，一直玩到夜色深处的日子，真的存在过吗？为什么在之后的人生记忆中不为我留下些许它存在过的印迹？

　　青春有太多的海誓山盟，就算只有年少轻狂，也会记得那些人们从前来过，好友、同学、熟悉的陌生人，曾经的那些故事也记忆尤深，甚至有某些人或事会永远影响着我。而童年呢，或许因为太过年幼，总之关于那幼小的人，稚嫩的言语，都难以闯入往后的岁月了。记忆的残余只有大院门口一座棕色的孤亭，还有几件不舍得扔掉的玩具。从前的玩伴们，大多数人我只知道他们与我同龄，不知从何年何月起，他们在我的生命里默默消失了，再难见踪影。还是想问，童年真的属于人生的一部分吗？

　　我用文字记下曾经，只因不舍。或许写下文字能减轻惋惜和感伤，好像写下就能再看到从前的场景。这时发觉多愁善感、爱回忆的我，好久都没有回忆起年幼的时光了。那是唯一一段如梦如幻的光阴，冥冥之中童年曾经任由我肆意挥洒，那是每个人生命中不可缺少的部分。年幼的你、年幼的事还驻留在我心底，如今化作血液流淌在我的躯体里。九七或九八年出生的我们，现在已经是大人模样。我还依稀记得年幼时我们用泥土搭建城堡的样子，小学仿佛如梦境般换了个幼儿园，小朋友之间总讨论着现在看来幼稚不堪的话题，犹记得小学老师最不好惹，我仍记得当年戴着红领巾的样子。犹记得那时我们小小年纪如走穴一样，在一个又一个课外辅导班之间穿梭赶场，不停地结识着新老师新同学，所以，很多名字都忘记了。后来的后来，我们经历了年少花季，经历了青春的开场，有了更多自己的过往和思想。再回想起童年，童年里的人，童年的故事，一切全然陌生了。心中只剩下空荡荡的花园和一两首含着寂寞的儿歌，如今这般心绪早已不似当初那个年幼的心灵世界了。

童年，你真的来过吗？伙伴们，我们真的一起玩儿过吗？小时候我们热切地盼望长大，现在真的长大了。我们经历了小学、中学、大学，脸庞都变了模样，身边的人也变换得彻头彻尾，生命开端的那段年幼岁月已蒸发得难觅踪影、无迹可寻。我长大了，我们都长大了。童年，我偶然回想起你，之后又离你越来越远、匆匆淡忘，我继续追寻着那个与你全然不同的世界。

2016 年 6 月 1 日

旅 人 诗 心

当我坐在灯光昏暗、无人关注的角落里，悄悄梳理着积攒已久的诗意。当我在一个周末穿梭在匆忙的人海中，穿着最普通的T恤，迈着不紧不慢的步伐，心中吟着一首诗。那些时刻我变得自恋，爱自己的孤独与自由，爱平凡赐予我的清静。

回顾诗集《孤独的亚人类》和《迷思雨》的意义，简单说，它们记载了我青春年少的真情实感。曾经，我想象青春有着在街边畅饮感慨，在KTV里把酒当歌的那种疯狂。我也曾经向往，在青春里与一群好友坐上列车去遥远的地方旅行，一路欢歌笑语，一路自由奔放。而当青春已经启程后才发觉，我的青春是在宁谧的诗意中悄然流淌着。它被五味杂陈的心绪笼罩，在路上弥漫着云里雾里的诗句。我曾经羡慕着别人青春里的疯狂喧嚣和热闹，羡慕着影视剧中人物青春的波澜起伏，不曾预料我的花季和青春汇集了两本平静中伴随寂寞的诗集。于是明白青春本身没有定义，而是缘分和岁月赋予了你什么。

犹记得创作过程中那些平静恬淡的日子，我仿佛一个自由的旅人，走在生活的路上，拾起我想要的枫叶，摒弃阻挡旅途的石块。我不曾刻意为生活营造波澜，也不想我脚下的人生还缺少什么样的经历，一切顺其自然，放纵步伐让它迎着此时的风，这才是自由的生活吧。所有过往在心中留下烙印，构成了我的内心世界，里面有四季分明，也有我向往的万水千山。我往内心里不断填补着我的梦，我的诗，我的故事。内心这个小世界屏蔽了负能量，将世间纷扰统统隔绝在外，而我徜徉在自己心中，里面有我的准则，我的自由。

作为一名吟诗的旅人，我的关注点大多放在撷取生活中的诗情画意。离别的感伤，雾霭遮住了太阳，初秋的微凉，我脑海中这些最平常的风景都是值得品味的，品味后便自然成了诗歌。我也是生活的旅人，拼命吸纳和过滤着生活赋予我的一切，无论来自脚下还是远方。或许与诗结缘让我更加投入地热爱生活，远离无病呻吟，远离抱怨。岁月的流逝犹如春水东流，难道不美吗？有些梦虽然远，但远远地观望却在心中留下神秘和向往。艰辛坎坷也许痛不欲生，却是人生深刻的滋味。体会着世间种种际遇，我能真切感受到我在生活。

在我心中，无论未来在何方，无论岁月会带走什么，带不走的是我对诗意的追逐和执着，让自己写的诗在我的生命中成为永恒。诗意包裹在我心上，一个无形的灵魂伴侣如一剂良药消解了孤独。十八岁这年高中毕业后，我为了求学远渡重洋，我带不走亲朋好友，带不走故乡的泥土，唯能带走的是飘到云间替我去远方探路的诗意。随着时光流逝，我带不走青春年少，带不走梦幻的花季。唯能带走的是不老的诗意，它让我不畏惧年轮匆匆，有诗意就有与从前相似的心绪。带着诗心，我向往着未来，向往中年时的人生百态，向往老年时靠在摇椅上静守黄昏的安详。

做一位吟诗的旅人，带着诗心去旅行。诗集像一座秘密花园，里面藏着旅人的诗话、诗心，里面有她在郊外乘缆车看日落的心境，有她靠在窗扉梳理着光阴如梭。

2016 年 7 月 26 日

心　路

　　沉重的行囊放在了家门口，机票装进了背包，日历在熟悉的仲夏里倒数着离开的日子，我终于选择了一条更远的路。远方一直是我心中最美的意象，所以我想在那里刻下青春的足印，把远方的春天揽入胸怀，绽放出属于我和远方的故事。

　　对于我，离开没有太多伤感，而是圆了一场少年梦。去年我还和好友眺望教室窗外没有雾霭的蓝天，我们多么渴望乘上一架客机，离开千篇一律的日子。那时的午后，我们总站在没有风的天台上，看悠悠的云慢慢飘到朦胧的远山。我们吟着昨晚写下的诗，吟着一个缥缈的梦。多么希望梦被风吹醒后睁开眼，眼前是寂寞的村庄，或是一条通向海边的路，总之梦的尽头是我们不认识的远方。现在是时候远行了，梦终于有了着落。我期待远方的未知，在未知中我成为漂泊的游子，终于迈出自由的第一步。

　　有时，我无比依恋脚下的土地，留恋过往的岁月，更不舍早已习惯的生活。而匆匆流逝的时光不会让人停下脚步，到了可以离开的年纪终归要踏上离家的路。唯一可守望的，是向往星辰的心海，是沉浸于四季风雨的心态。当带上陈旧却永恒的诗意远行，离别的感伤悄然消逝在向往中，我便懂得了无论身在何方，星光寥寥的村庄永远是值得眺望的风景。无论有多长蜿蜒的旅途，我相信与孤独相伴永远是长诗的韵律。守住家乡的春日，也守住了暖暖的心意，哪里的春天都带有沉醉的芳香。守住那暮冬的长夜，也守住了对雪花的渴望，哪里的寒季都演绎着陈年的故事。我守住充满诗情的眼眸，将在新的万物中绽开一段美丽的故事。我守住一颗不变的心，留恋的一切都不会轻易逝去。历经沧桑后，什么将沉淀于心中久久不散去，那是不变的心魂，在颠簸的旅途中带来沉静，带来坚定的归属感。

不舍，是因为我在这里已经沉淀了太多的季节，沉积了太多难以忘怀的往事，还有从小到大相识的亲朋好友。当我收到那么多的叮咛和祝福时才发现，一路上我曾经不知不觉地与那么多人相伴随。你们一直在我的生命里，我要把心中的你们带到远方，你们也把心中的我留在故乡。聚少离多也是今生的缘，你们的身影将犹如无形的歌，常驻在我的心海里。当我不时回望那片陈年的天空，也犹如一首无形的诗，缭绕在我眺望云端的瞬间。因为相识相知，所以世间多了几份思念。

在人生刚刚起航的年纪，我选择把余下的青春写在远方，把对过往依依惜别的眼泪，笑洒在另一片天空。我选择去那个能够读懂乡愁的、人们常说的天涯，我在离别的泪花里道一声：来日方长。我想着在异乡看月亮时，第一次体会阴晴圆缺，那时刻将有怎样的心情？选择一条更远的路，也意味着选择了孤独，独自静静倚靠舱窗的感觉，与孤独形影相随。选择孤独，也就选择了自由，这自由虽不轰烈，却淡淡沉淀在每个被轻风吹醒的清晨，摇漾在暮色中等夕阳的湖畔。

大约在冬季吧，我会归乡，我既期盼那时的喜悦，也有如深冬般沉默的淡然。因为这是我选择的路，一次次离去又归来，过往中的悲喜伴随着守望、期待。总感觉离开与归来交替的岁月才是我心中完整的人生。这样的岁月要开始了，在沉迷于闯荡的年纪里。

家乡城市的模样在心中沉得越来越深，亲友们的叮咛和约定越来越清晰，我选择的那条远路到时候该启程了。十五个小时的飞机，远方足够远，放飞了梦想。远方总是我心头最美的意象，离开之后，让故乡的泥土印刻下难以割舍的梦。

朋友，我选择了与你说再见。是我选择了一条更远的路，最远，是我的心路。

2016 年 8 月 4 日

千里共乡思

我们最终还是选择了口中常提的远方，不知是不是我们在天台上盯着云层幻想的那个地方。那两个流浪在校园里寻觅一扇自由之窗的少年离家了，第一次成为旅人。不在家乡的日子，心难免会浮在半空中迷惘、漂泊。我们都走了，谁替我们守住最初的梦，是四季？还是托给永远不会迟来的晨风？北京的中学母校校园里总会有学生嬉戏玩耍，流年里，那座秘密花园或许会封存下我们每个晌午的诗情和记忆。可当火车的汽笛响起，当飞机在异国的机场落地，我们心中故乡的乐园变得空荡又寂寥。

扬州，美国，哪个远方可以眺望到家乡呢？记得我在离乡的客机上看电影《老炮儿》，那一声声熟悉的京腔，那一幅幅熟悉的画面，不禁泪眼蒙眬。我们口中有相同的北京乡音，身体里有相同的北京血脉，我的脚底还粘着走过十里长安街的尘灰，我们的上个春天还在京城。朋友，如今你也要启程了，从今往后故乡的故事里没有了我们，或许将留出空荡荡的一页空白。从此，我们也是有乡愁的人了，那是只有我们俩人懂的"歌宇"，是晌午吟着诗的两个懵懂少女。

我在远方等你，等你也离开、也拥有了远方，等你也望着异乡的繁星呢喃人生。我在远方等你，等你抵达扬州车站的那一刻起，我们都有了相同的远方：北京。它紧贴在我们的心头，让我们脆弱流泪。北京深入我们的灵魂中，那么庄严浩荡，像日出东方的时刻，也像长江和万里长城。我在远方等你，等你也离乡远行志在千里，我们都沉浸在孤独和自由中。随手拾起路边的树枝，在蜿蜒崎岖的小土路上作诗，抒写思乡的心潮，画出白云朵朵。停驻的远方为我们送来雨后的乡愁，也送来人生漂泊的滋味。这不是我们落灰的旧梦么？带着它走吧，到了何方都不会迷途。就像你对我说：跟着心走吧，走出一条最远的心路。

朋友，虽然我不曾为你装上一瓶故乡的泥土，但请你在心中为它留守一片最璀璨的星空，装点紫禁城外故乡的长街，装点北京深冬的瑞雪霏霏。真正归乡的日子不知还有多远，或许是几年，或许家乡成为永恒的意象。风可以吹旧岁月，可以吹白飘逸在青春的黑发，却吹不走我们的足痕，吹不散我们深埋在记忆中的蒲公英。当我们不再年轻，再并肩走在故乡的傍晚看日落，那将是经历多少沧桑之后的夕阳晚霞，那又是曾经多少个夜晚思念的时刻。

总会有人问我们：你的家在哪里？你指着穿越在绿野间的火车，我指着刚刚划过长空渐行渐远的客机。沿着我们指的方向不一定能抵达北京，我们只是顺着心路指向远方。

我在大洋彼岸静静聆听火车启程的长鸣声，它长吟着昨天，长吟着我们留在故乡的春花秋月。朋友，大胆地走吧，沉醉在这少年时节的远行。你坐火车，我乘飞机，我们的梦乘着小舟，小舟捎载着往事悠悠随行。京城的双彩虹下，又演绎了一场小别。"你也喜欢写诗吗？""嗯"。你说你爱诗，冥冥中也顺便选择了远方。远方有我，后来也有了你。一时知音，一世知己。

2016 年 8 月 25 日

年　轮

　　年轮总在不经意间流逝，当手托着一杯咖啡站在十字路口等绿灯的时候，当最后一片银杏叶悄然归根的时候。朝与暮的轮回永远如此，太阳会在寂寥的清晨悄悄升起，晚霞会在车流人潮间染红城市的迷惘，夜幕的阑珊在空无一人的街道上与廖星明月相伴。它们仿佛从不理睬人们定义的新年，也不懂年轮为何物，它们就这样循环往复，重复着季节。人们却在这样的轮回中渐渐散了青春，去了远方，生了华发。人们的口中轻松念叨着：那年，这年，明年，谁知这些"年"里究竟有多少难以忘怀的故事，或豪情壮志或渺小如沙，或背井离乡或久别重逢，它们联结成一年又一年。

　　当年轮定格在今年，少年的尾声绽放得更加肆意。在高考结束那天晚上与好友在街边的餐馆里大醉一场，在蒙眬的视觉中跌跌撞撞地逛街、唱歌，在欢乐谷里尽情地疯狂，和一整班的同学去郊外夜游。中学时光就这样结束了，今后人生里的所有季节和春花初雪都不再属于它。那件落灰的蓝色校服被收进箱底，它像一个守护少年时光的屏障，也包裹了我们这段守望在一起的韶华。化作回忆的过往再也无力挽回，句号长眠在二〇一六年的中央，被风化成一座不朽的里程碑。我那本一年前出版的诗集封面也变得陈旧，里面每个字都承载着少年的光阴，定格在我从前最爱去的湖畔。

当年轮定格在今年，我读懂了何为奔波，背上行囊徘徊在机场，在飞机上一次次入梦。我体会到了何为乡愁，那是思念中带一份潇洒，那是年轻的心在旅途上的感觉。我去了异国求学，独自离家万里迢迢，我认识了异乡叫作埃姆斯的小城，圆了我从年少就开始做的田园梦。在那番静谧的田园梦里，我重拾笔头抒写陌生的街巷和季节，结识了一群新朋友。从耳畔厮磨着的洋文里，发觉曾经的一切早在秋天来临之前就远去了。异乡的生活习俗渐成习惯，异域风情愈加深刻在脑海中，流淌于笔下。可是在众人的欢声笑语后，在夜幕里的星光下，在闭紧门窗，心绪五味杂陈时，故乡已成为我眺望的远方。我心心念念远望曾经的历历往事，在田园之乡的静谧中回味着从前生活的轰烈。

与其记录一年的所有故事，不如记录每个抵达过的地方。从北京到吉林大安的老家，又到了美国的大学城。假期旅游去拉斯维加斯，去闻名遐迩的科罗拉多大峡谷、羚羊谷，还去了亚利桑那州的纪念碑谷等地。这年，一张张票根提醒着我真的长大了，一个人的路已然在生命里启程，不知今后还会有多少艰难险阻，我只能一个人勇敢地面对。大学才刚过去头一个学期，异乡求学的路才刚刚开始，感觉像新年的钟声那样庄严沉重。

漫漫迷途终有一归，年轮的终点也是启程的地方，那是故乡。年末，终于又和老友坐在熟悉的影院里，小酌在炊香飘飘的小店里，只是我们都褪去了年少时相似的天真烂漫，不再穿相同的校服，有了各自的轨迹。往年的暮冬还历历在目，我们习惯在冬日早早天黑的夜色里吸吮寒息，这样可以闻到圣诞和新年的味道。其实我们只分别了半年，虽有逝去的忧伤，却对来年充满希冀。年轮就是这样，十二月永远唱着冬天的新年之歌，我们也永远在这个时候穿上羽绒服，喝着热饮，在元旦来临之前小聚一番。只是在不经意间，鞋底多了从异乡沾来的灰尘，心头流转着新的哀愁与欢悦，我们都没忘记，从各自的远方回到相同的故乡。

像往年一样，散文和诗替我记下这一年安宁与漂泊的日月，发表在《诗刊》上的几首诗又圆了我一个小小梦想。这年，心境变了，像北京的天空一样，时而朦胧，时而又在烟消云散后澄澈。这年，傍晚的味道变了，我不再是站在天桥上注视车水马龙的少年，不再幻想一列火车会驶向云雾缭绕、小桥流水的村庄。不知为何我的脚步变得匆忙，我的双眸一直注视着远方，诗意常常会随夜色在窗口降临，沉淀着心绪，让它在一片祥和中微微跌宕起伏。我愿用笔墨抒写年轮不停歇，任凭光阴匆匆，我也能沉浸、品味分秒。在每颗星星化作回忆之前，用文字印刻下岁月，让我不畏年轮。

年轮是一辆不停泊的马车，我们可以止步，时间却在流淌。就像驻留一处，总可以等到日落西山后的星辰月光。走着，走着，又走到了新一轮的启程，季节也一样轮回，故事却会不同。我知道，我还会走在故乡的长安街上回味从前，我还会和友人相拥后告别这次相聚，我还会再回到异乡的校园谱写另一番岁月。谁知还有多少远行？谁知会不会有不期而遇的险途和惊喜？

　　如果有缘分，明年再见吧，明年我还在年轮里，还有太多要经历的故事……

2016 年 12 月 30 日

我　们

　　那年我们都选择了诗，也顺便选择了在另一个隐秘的世界独处。后来我们都选择了远行，为了心中渴望的自由。忘了那是一个怎样的天气，那天以后我们就天各一方了。缘，从此变得距离很长，重逢很短。从此再没有余晖下、校门口、车站旁的挥手道别，再没有流连在暖暖的天台上看云朵飘过的午后，再没有下午第一节课铃声响起前读完一首诗的日子了。

　　这个冬天，我们重逢后又在地铁站分别。就像往常那样，我们在每个小小的站口总会去往不同的方向。你的车走了，我的车来了，车门关闭的刹那，你的日子又在那遥远的南方，我的岁月又交给了异国他乡。距离下次重逢，还隔着农历新年，还隔着望不见故乡的整整一季春天，还要隔着许多个夜晚的思念。或许我们不再有属于少年时节的朝夕相处，曾经送给彼此的落灰的玩偶静静躺在家的床头，默默看着我们长大，看我们走进浮华的世间，等着我们慢慢变老，遗忘了有太多故事的陈年。时光总会流逝，人与物终将成为一段岁月的过客，我们叹息留不住，眼含泪水挥手道别后又进入下一段旅程，这就是人生吧。

曾几何时我们相遇相知，不只有相似的爱好、思绪，你身上还有我向往的品格。在这嘈杂的生活中，在这轻狂的年纪里，你没有浮躁叛逆，也没有无病呻吟的矫情，你选择静下心来博览群书，写作。一个与世无争，善于敞开胸怀，勤于对生活有所思考的人，怎能不乐观幸福呢？你为人大度单纯，没有世故，从不盲目追求旁人的肯定与喜爱，也不轻易对他人评头论足，只愿背靠窗口面对着一本《撒哈拉沙漠》，只愿坚持完成一部吐露心声的小说。我喜欢与你相伴同行，浪迹在长街上，一起探讨路过的点点滴滴，那夕阳会不会照在北海的冰面上？这没有雪的冬季，街灯上的霜露依旧点缀心头的轻愁，哪本书上的诗句恰似此刻的愁绪？哪个周末我们又将远行？与你为友，我的心远离了世俗的琐碎，发觉原来世间竟有这么多美好。我们的世界里，八月没有离别，故乡的路也走不到尽头。我想，我们的缘分没有理由，我选择把这样的情谊交于你或许是有缘由的，心心念念，源于心灵的向往。

十九岁的我们尚年轻，还没有把这世界的一切都翻看一遍。我们既享受于这份难得的单纯，也守住一份信念。或许人生有意想不到的伤痛、离别、背叛，请坚守你自己的心，执着你追逐的梦，而不被外界的纷扰或负能量动摇了心境，或禁锢了脚步，才能得到真正的自由。诗，永远是我们的港湾，一回头就看到阳光明媚的下午，水中央摇曳着小舟。对诗的执迷曾带给我们年少时的潇洒，也会赋予我们中年时的沉着，将来还会馈赠我们华发时的安详。愿你永远向着祥云飘过的山顶，潇洒地看这个世界，消遣、体味自己的人生。也愿你有幸遇上一位彼此相爱的人，遇上便是有缘。年轻的远方不仅有很多机遇，还会有来年的春光洒遍江南水乡，还有很多场令你感动的雪。

你漂泊在列车上，我乘着客机飞翔在云间，还要这样漂泊、飞翔多少次，多少年？离乡是一段漫长的故事，因为发生在青春，所以那么潇洒。我们年轻的脸颊和目光迎着风尘，在故乡和异乡的路上来又去，用一杯酒、一首诗就消融了黯然神伤。我们用相似的故事慰藉彼此，我们有不同的过往可以带回故地慢慢分享。当初说好要远行，如今你有列车，我有客机，我们都有了不同的远方。我们在那座天台上的枯藤残草目送下，穿过一路风景，跨越万水千山。你说南国古镇最美，我说异国小城新鲜神奇。

犹记得我们风雨同舟，享受过一段海誓山盟的友情。或许从前那样朝夕相处的日子要等下辈子了，在等待的时光里我们会走到青春的尽头，之后还要跨过无数条崎岖的路，任风霜雨雪染青丝。不管来年风与月，我们还要在最好的年纪相遇，重演一段韶华，且行且珍惜。

2017 年 1 月 18 日

回　眸

二月的春风依旧冷涩，这座人烟寥寥的宁静小城，晨曦的味道浓郁，远远的朝阳还在隐去了星辰的山顶等待。自从回到这座最美的大学小城里，山水云雪尽在眼前，填满了曾经的向往，心头的诗意却一度变得慵懒。

翻开朋友圈，看着国内朋友们轰轰烈烈的热闹，忽然想念那曾经的繁城景象，车水马龙的长街被霓虹点亮，高楼大厦在夜里依然灯火通明。摩肩接踵的人们，有乡人，有旅者，还有漂泊的过客。他们在喧嚣的人海中，在充满流光溢彩的繁城中过着属于自己的年岁与生活。那些年，我在闲暇的傍晚，习惯从学校走回家。从西城走到海淀，那是一段很长的路，累了就坐在长椅上歇息片刻，看着来来往往的人潮，不觉怅然与欢喜，周末与朋友坐在咖啡店里畅聊各自的心情和故事。或许在那时的认知里，人就是这样，青春也是如此，不乏喧嚣与轰烈。

眼前的雪总是盖满整座小城，有些地方一双脚印都看不到。天地苍茫间，有太多人迹罕至的角落，或许有更多无人知晓的故事。夜深人静的时候，没有熄灭的光明是天边的星星，思乡，就是有时会怀想故乡，望眼欲穿的感觉。回想繁城的日出匆匆升起，残阳仓促而落，站在天桥上偶尔停下脚步，桥下车流不息，地铁中拥挤着奔波的人流。还在那里时，我喜欢在雾霭茫茫的天空里寻觅孤星，喜欢爬上天台，看着难得一见的白云向远山游去。在紧闭大门的校园，在人群稠密的繁城，飘来一丝轻风都能带来一首诗。所有的相遇相识仿佛都伴着街店音响中的音乐，所有的过往都演绎在车鸣人潮的喧闹声中。站在长安街边，幻想许久不见的夕阳西下，在熙攘的谈笑声中，又幻想回到安宁的村庄。我和朋友坐车到陌生的远郊，感叹一番山水云霞，之后又乘坐一号线地铁，在没有月光的早夜匆匆而归。究竟哪里属于我呢？繁城中的思绪终于被车站的广播声熄灭了答案。

　　繁城中寻一丝僻静，小镇里寻一时喧嚣。假如我把青春的后场留在故乡的人海，是否会有另一场别样的岁月呢？听了太多人讲述着繁城的故事，有迷惘，也有轰烈，有诗情画意的相遇，也有辗转车次后的离别。原来我作别的地方，不仅充满着我的思念，也有他人娓娓道来的深情。

　　眼前，路边排排尖顶木屋的大学小城满载着我的生活，春光明艳的午后像曾经一样唤起心中沉睡的灵感，草木与我一同苏醒，看人世间的风景。这里的行人也端着咖啡站在路口等待，只是空旷的十字路口多了几分孤寂。我可以听着轻快的歌，走遍饭馆酒吧，也可以坐在湖畔的长椅，吸吮异乡小城最真实的醇香，就像当年在故乡，有时站在天台上幻想远方的静谧，有时刻意走进人潮，感受繁城紧张的节奏。

那座繁城里的故人，还在远方随着车流奔波，那里的时光与青春，还流淌穿梭在五个环线之间。春天来了，又是一年。每时每刻都有人来，有人离去，不变的是人潮涌动，和整座城市喧嚣的韵律。故人，我已如当初所说的那样远行了，正在眼前的云霞里眺望故乡美景。此时的你应该走在排排路灯下，等那辆最拥攘的1路公交车驶过，回家的车就要来了。朋友，我们曾在共同的平凡生活中遇见、相识、相知，共同度过最美好的少年时光。再过几年，我们风华正茂，各自又决定去到哪里经历年华呢?

一架客机带我离别了人山人海，离别了浪迹在过街天桥上的从前。我脚下的岁月驻扎在世界的静谧处，心也随之沉静，不再漂泊于苍茫人海间。许久没看到交织在十字路口拥堵的车辆，许久没听到地铁站的嘈杂声。我曾在那样的喧嚣里，留下多少繁城往事，又错过了多少轰烈与繁芜。当小城的夕阳又染上低低的屋檐，余晖里隐约露出晴朗的笑靥，生命的旅途上本该在此刻沉寂，在此刻把昨日铭记。再回首，那四季轮回的远方也令人无限神往。

2017 年 1 月 18 日

如 你 所 说

　　两年前，我们告别了朝夕相处的高中时代，也告别了坐在天台上的秘密花园讨论云的去向的日子。后来，我们各自选了一片流云，拖着厚重的行囊，追逐黄昏雨落时傍晚的太阳，向着命运为我们安排的地方远行。北方的你去了梦里温柔的南方，不曾离家的我去了相距十几个小时飞机行程的异国他乡。

　　后来的我们，在各自不同的岁月里体验着远方。你走在烟雨江南的古巷琼花间，用手中的相机定格尘世之外诗的芳香。我在异国小镇的大雪纷飞里，渐渐习惯了眼前的日子。歌宇，我们的"小铺"，仅仅存在于通讯软件里，还要加上时差间隔的数字。

　　一年当中短暂的重逢像一场遥不可及的梦，在一起的时间快得模糊。习惯于用手机交流的我们，见面时想说的太多，却奇怪地欲言又止。我们从各自的远方归来，你的衣袖似乎还挂着南方的雨滴，我的领角好像还沾着异国北方的残雪。无论我们曾经、后来走得多远，我们灵魂的根都来自同一寸少年梦幻的故土。歌宇，正如你在天台望云时所说：云的远方有数不清的万水千山，有的是唾手可得的美，有要跨过的淤泥与沼泽。歌宇，正如你少年时所说：后来的我们将会有太多相见恨晚的遇见，会有一见如故的友人，也会有与恋人在夜晚的高速路旁数星星的时刻。

当我们归来，当我们重逢……歌宇，我们去看了，远方的一切真的如你当年所说，有太多根本来不及缅怀的告别，或许我们会丢失单纯，但一定会有一次在遇见真情和感动的瞬间捡回。歌宇，一切如你所说：乡愁需要咀嚼着品尝，孤独和烦恼也是喘息间属于生命的过往。一切如你所说：缥缈自由的真实存在是那颗纯粹的心。

歌宇，我们各自越来越多的故事见证着我们走得越来越远，虽然再也不像当初那样朝夕相处，却带着彼此的痕迹、期待，道别于十字街头，各自飘零徜徉。我们拥有人海中少不起眼儿的一份平凡友情，却真诚地滋润、澎湃、驿动着两颗鲜活于尘世的心。离开，归来，离开，归来……余生将是断断续续相聚与离别的交相辉映。歌宇，我们去看了，脚下那远方，其实一切如你当年所说：

如你所说

我是，

远方万水千山的归客。

你是，

往昔素什锦年的来者。

我们重逢在故土的角落，

翻开那被时光侵蚀，

却毫发未损的诗歌。

一切如你所说，

流云的命运不只是漂泊，

远方的夜会有雪与烟火。

有纸醉金迷的闹市，

也有寥无人烟的山坡。

有伊人走在南风中的初遇，

也有往复在迟暮时分的离合。

一切如你所说，

自由是淡茶解不开的长醉，

诗意是浑浊的烈酒，

无法吞噬的执着。

一切如你所说，

分别是黄昏下永恒的列车。

重逢只是光阴如水，
偶然间的停泊。

一切如你所说，
自从彼年花落，
余生就这么忘却，
余生就这么记得。

我是，
来自远空尽头的归客。
你是，
天台上痴痴逐云的来者。

后来的后来，
真的一切如你所说。

2018 年 7 月 25 日

隐

我在我的时光里杳无音讯，保持这状态或许是理想，或许是某一层境界，需要定力。在某时特定的心情下隐身于孤独，是我追求与渴望的。

"风无定，人无常，人生如浮萍，聚散两茫茫。"生命中的大多数人皆是萍水相逢的过客，偶然淡淡交织后，又淡淡离开，或留下炽热的记忆，或什么也没留下。之后，我们"隐"在各自的生活里，经历着各自的充实、精彩或艰辛。悲喜不必分享，不联系、不交流，只有一刷而过的微信朋友圈提醒着彼此曾经的存在。茫茫人海，还好我们曾经偶遇过，让我们在偌大的世界有过交集，有那么一次淡淡的缘，相识、相知。萍水相逢"隐"在我生命中的旅人，有时我会想象你们的生活，会否与我有几分相似？会否我们的生活截然不同？无论如何，你、我、他，愿我们"隐"在今后无缘相见的各自的轨迹中，但求各自安好。

大学时光，我的大部分时间都隐在人烟稀少的美国中部小镇里。绮丽的夕阳余晖，惬意的尖顶小房，隐隐的远山，清鲜的丛林，有时长长的街道上廖无一人。这些对于来自喧嚣的北京城的我甚是新鲜奢侈。瞬间感觉自己很奢侈，像个隐士，"隐"在繁芜之外的角落，"隐"在自己的惬意里。总是天真地在想，倘若我与所有人断掉联系，卸掉社交软件，就这样"隐"身、屏蔽信息，生活会是什么样的呢？

这些天，在正式开学前的美国大学小城，我已经体会到"隐"的气氛，淡淡尝到一番"隐"的滋味。看书、写作、遛弯构成了我简单到不能再简单的生活。浮躁于人潮与汽笛交错之上的心，渐渐安静下来。我一步一步地走近郊外看夕阳，拍照、沉思，感知活在自己的心跳与夏夜蝉声同步于这个世界的奇妙，我吸吮着生活本真的滋味。原来，"隐"的不是身而是心，"大隐隐于市，小隐隐于野。"有一颗能够安静"隐"下来的心，哪怕我把它带到繁华闹市，它也可以指引我踏实安宁地沉浸于生活。

在这浮华的社会，在诱惑颇多的世界，大城市容易迷途在光怪陆离的喧闹中，小城市容易沉湎在慵懒与安逸自足中。我们刷着微博、朋友圈，被公众人物、网红牵引着自己的喜怒哀乐，议论、八卦着他人的生活动态。有多久没有放下手机，关掉社交软件，断掉有一搭没一搭的闲聊了？多久没有看书、写作、思考，做这些只与自己的心对话的事情了？"隐"是当今社会中缺少的生活态度。低质量的社交，不如高品质的独处。

陈奕迅的歌《我的快乐时代》中这样唱道："离时代远远没

人间烟火，毫无代价唱最幸福的歌。"

随着时代的脚步前行，年轻人的时尚瞬息万变，网红、明星、电视剧、电影、名牌……占据了大众的视野和闲暇时间。在追逐热闹潮流的同时，我们应该为自己留出时间，让自己的心"隐"起来。"隐"无论在什么样的年代，什么样的潮流下都不过时，总不该忘记自身存在的本源意义，或忘记生活最原始的初衷吧！暂时把自己置身于匆匆时尚潮流的末端，看看周遭的一草一木，聆听心跳与细雨应和的声音，闭门思索、创作，真切体会本"我"此刻正存活于天地间的感受。你可以宅在小空间里与外界隔离，却不可被潮流盗走思考，聆听、感受自我的能力。让心"隐"起来，便能独处在自己的世界里，静静品味生活，做提升自我的事。让心"隐"起来，不因外界琐事轻易地大喜大悲，不被外界的纷扰波动情绪，遇到问题首先静心思考，思考需要动力，答案全在书中。

只有自己内心不跟随人潮起浮喧嚣，才能听清这个世界和自己真实的声音。我的真实声音，随着心绪跃然纸上：

隐

八月的雨，炽热与人群，
我在我的时光里杳无音讯。
二十岁的街角，
隐着二十朵不知所向的云。

当下的夜，茶与诗韵，

你在你的时光里杳无音讯。

为灵魂点燃黑夜里的烟斗，

就像萤火虫忽隐忽现的命运。

远方的山，流水与思绪，

他在他的时光里杳无音讯。

只身隐在夕照山涧，

听此刻，风在为一切答允。

2018 年 8 月 16 日

如梦浮岚

从寒冬逃脱出来的阳光照在踏春的人们脸上，为每个人心间的故事增添一番青春似的暖意。我想乘上开往春天的列车，当午后倚靠窗边小憩，最好梦归我眷恋的每一天。

云

　　我想握住你的手，去广阔的蓝天上遨游，与你一起感受那久违的宁静，淡淡望着尘世间的一切，踏着轻飘飘、悠悠然的脚步前行。你有一个简单而纯洁的名字——云。

　　我曾是一个焦躁的、有着无数烦恼的女孩儿，任何一点小事都可以轻易地打破我内心的平静。那日，我被大大小小的一堆事搅得异常烦闷，学业压力，人际关系，还有那翻来覆去想不明白的生活意义，貌似平静的我，心中早已翻江倒海。或许是偶然一转头吧，我看到了窗外住在蓝天上那宁静、淡然的你，任世间如何喧嚣，任由人们为何等大事小情纠结吵闹，你仍旧保持着那份永恒的安详。我并非第一次见到你，只是从未这样仔细地打量过你，思考过你。唯独这一刻，我多想握住你的手，让你带我到那片广阔的蓝天上，让我尽情地感受像你一样的宁静、淡然。

　　我曾是一个向往远方的女孩儿，我时常幻想自己的未来，也时常渴望赶快过完今天奔向明天。就连每天乘坐公交车或是出去旅行时在火车、飞机上，我也总是在心里默默念着"赶快到达那个我想要去的远方，赶快！赶快！"正因为这样的渴望，我的"此时此刻"经常过得很糟糕，没有好心情也没有好收获。有一次在放学的公交车上，那个晴朗的午后，或许是因为无聊的缘故，我又一次痴痴地望着你。你缓慢又轻柔地向家的方向飘着。你从不急于奔向远方，而是踏着缓慢、轻柔的步调，尽情享受每一刻风景的变化。遇见晴天，你便换上那镶着金边的衣裳在空中徜徉，那是匆匆赶路的人难得欣赏到的美丽；遇见雨天，你便幻化成水墨的舞姿在空中盘旋，那是失意的人无心驻足的壮观。你从匆匆人海头顶上飘过，既欣赏孩子们嬉戏的快乐，又慨叹老年人清风草木间的安详。或许你也将飘过山，飘过海，去享受大自然赐予世间的心旷神怡，那是多少人无法在匆忙生活中拥有的心境。虽然在天空飘浮，或许你能体验、吸吮尘世的生活气息。或许轻飘曼妙只是你的表面，你心中也有对生活的博大情怀。这正是急躁的我所缺乏的啊！这一刻，我多想紧紧握住你的手，我想学你那样放慢脚步，看遍世间万千景象，尽情地品味眼前的生活。我也想踏着缓慢轻柔的步子，让快乐、悲伤和烦恼都成为收获与情感的体验，像你一样，有着诗情画意的生命。

你身在遥远的天穹之中，而我踏足于坚实的大地之上。我知道你没有手，我也没有翅膀飞上天空与你一起飘游，那就寄托我的心去吧，让心飞到离你最近的地方，吸取你的宁静、淡然和曼妙。当我的心也拥有了那份永恒的宁静和那份对生活博大的情怀时，我便已然握住了你的手，与你一起慢慢踏着生命的步伐游走。如果有一天是阴天看不见你，那么就放心地松手吧，我那颗被你的纯洁洗礼过的心，正是那一天飘在天空上唯一的一片——云。

2014 年 6 月 3 日

人 间 摘 星

　　感觉不算漫长的一段人生路，我想要抵达的终点只是沉静的秋色，或者一夜的星光熠熠，这感觉朦胧却又信誓旦旦。转过身，面朝荒无人烟的戈壁，收获一季诗章，一空星辰。

　　有时，我依恋那盛满幻想的心田，那是虚幻却坚实的归宿。告诉自己，心田里才有我的梦，在那里，悲哀时有凄清之美，漂泊时有艰难之美，幸福时有春光之美。就好似在跋山涉水之后，在一个陈旧的旅社窗边，写着一首未想好题目的诗歌。在那诗歌里，没有风雨，没有坎坷，写下第一行时，我的整个世界都被照亮了。我的世界在迷醉中美好起来，在迷醉中我路过山海，回望走过的路，停泊在港湾眺望远方。一切皆不是真实的，我心中却填满了真实的愉悦感，就像真的走进街边小店小憩一番，就像站到岸边去观赏钱塘江潮那样兴奋。这样虚幻的世界，我可以在现实和它之间来回穿梭，不是逃避而是一种专属自己的自由。假如不甘于流连在狭窄拥挤的街头，那么就去诗中，去心中看海吧。那个世界时刻迎接着我，在朝暮，在哭或笑时，在步履间。有时会问自己，那里也有生活吗？当然，那里有着芳香的泥土，有着雨后清鲜的气息，我常在那里吸吮窗外的空气。半梦半醒恍惚中，无须分清虚幻与现实，于是我会常常感慨：生活这般美妙，岂能辜负呢？

我热爱永恒的四季轮回，热爱那坐在湖畔等夕阳、脸庞被晚风轻拂的感觉。就算此时风雨交加，人生总会还有那么一刻，眼眸与星辰相遇。总会有那么一日，午后我坐在山坡，追忆着往事，感慨着从前，等待着每天如期而至的落霞。未来，如若还有这些时刻就足矣。它们把世间的美好，用一瞬间演绎得淋漓尽致。我愿期待着那些时刻，依恋着那些时刻，等待着与山水一同沉睡，与秋叶随风飘落，与星辰停驻在清澈的夜空。我不畏惧一路风尘，风尘中有星星点点的笑靥，来自春天花开的刹那，来自云朵拼成美丽图案的瞬间。我不畏惧因一时的苦难而泪如雨下，伤心过后，我仍会笑着在湖岸追逐一只迷路的蝴蝶。前方总会有诗，走吧，总会有的。

我来人间是为摘下天上藏着诗意的星星，我渴望在终点等待我的，不是陈规旧章里的荣耀，而是一场落叶纷飞。金碧辉煌的城堡不能照亮我的心扉，金光闪闪的奖状被埋进土堆，能让我高歌一曲的，只有清澈的湖水和水中倒映的月光。走过喧嚣的闹市街头，穿过鼎沸嘈杂的人海，其实我只想去远方的山岗迎风拂面，只想听那密林中风与叶的私语，等待云朵告诫我何时向前追。并非每一次抬头都能看到收获，我只想看一眼对面楼顶上有没有挂着夕阳。低头亦非人们所理解的谦卑，我只为给诗篇补一个结尾。叹息也不因为自己的得失，只为怜惜那不停流逝的岁月。即便我流泪也有小雨的低吟相陪伴……

我笑似灿烂的天空，我悲愤如丛林深处的野火，我的眼泪像那江河的水，我的忧伤宛如一曲缓缓的箫声，我追寻向往的永远与春花秋月有关。远看，我在人间徘徊着，浪迹着，夜半初来的星，我摘下每一次与它的相遇。星星在少有人烟的戈壁滩，也在我的身边，绘出一道道穿透心底的光明。

2016 年 2 月 15 日

任自由随风

　　我曾以为，自由的感觉离不开看海时的幸福，离不开站在山顶之上的心旷神怡，离不开搭上飞机在云层间穿梭，离不开划着小船在湖中央轻歌。然而我生活的地方没有山海，旅游、划船的日子也是那么来之不易。那些自由我只得站在远处遥想，遥想很久。

　　有一次，我做了一个梦。我和朋友在一天中午，偶然发现了学校的铁门旁，有一扇可以通向外面世界的窗子，我们从窗子翻出。外面的世界真熟悉，闲散的行人都慢慢悠悠走在街道小巷里，他们的双眼里似乎都带着睡意。晌午一点这个时刻，作为学生，我原本不属于这铁门之外的世界。然而我的心间却夹杂着下一秒就要溢出的欢畅。这偷窃而来的自由令我格外满足。我拿出一根粉笔，在学校的一面高墙上写道："本人十七刚出头，曾在牢中寻自由。到此寻得一出口，此人似在云尽头。"后来我醒了，学校的铁门依旧紧锁，教室里的读书声分外响亮，那个梦里的一扇窗也随梦消失了。寻自由？寻来的终究还是一场梦，而梦里那自由就算真正到手了，它会永久属于我吗？

假若我真去窃取自由，也终将回到命运允许我驻留的地方。窃取到的一刻自由，还是要被收回、要归还的，它像梦一样短暂，而片刻虚幻的自由无法满足我整个人生对自由的渴求。我忽然明白，我与永恒的自由隔着的不只是一扇铁门，我寻求的自由太远，寻得太虚空了。

过着命运精心为我注定的生活，十七岁的日子一周有五天被关在校园里，重复着与同龄人共同经历的故事。我无法改变现实，现实是我游走在尘世间的必经。难道我应该厌倦每一日真实的存在么？而仰望那遥远的山海，思索着怎样变成根本不可能成为的神仙，抛去世俗的一切就能得到自由吗？那样，命运不允许怎么办？经历告诉我那不可能，我只能默默幻想、渴望、向往。然而，从未有过、从未享受过自由的人生是悲催的。

我沉浸在从命运那里得到的每一天中。我发现铁门内的一点一滴假如都被我品透了，也算值得我去体验。每一次开怀大笑，每一次和朋友谈论着理想，即使在日复一日的课堂、作业、考试轮回中，也蕴藏着生命中一季的味道。即便有酸楚、艰难也都是命运的赐予。假如我某一时刻伤心了，就品到了人生伤心的味道。要想遍尝人生的各种滋味，也不能缺少伤心的体验。无奈我只能这样沉浸在眼前的现实里，那些所谓烦心事，也被我品出异样的滋味。从生命中应该感触到的一切，都能够被我看到、感知、体察到，幻化成享受，我欣然愉悦地接受着所有。在被命运安排的生活中，凡拘束我自由的种种，都被我时刻感知万物的心灵剔除了。没有了束缚，便成为自由之人，我安然接受世俗的规则，接受命运注定的生活，就像享受着看海时的心境一样。

前辈梁实秋先生说："沉默，是心灵最后的自由"，我心魂的自由潇潇洒洒，游走于每时每刻，心灵都能感触到，任自由随风吧。

2016 年 2 月 17 日

诗梦尘缘

　　人们每天奔波着的分分秒秒皆构成了生活。有人会抱怨眼前生活的乏味、无趣，渴望那久违的诗意，渴望神秘莫测的远方。于是那句"生活不只是眼前的苟且，还有诗和远方"戳中了多少人心？撩动那么多人心里不淡定、不安分了。诗，一定是那空灵难解的吗？远方一定是有山河大海，有星辰极光的远方吗？我想"眼前的苟且"里也隐藏着诗和远方，只是人们缺少发掘平淡中有诗意的睿智。

　　当你向往远方时，想一想你是否品透了眼前的"苟且"。常年住在车水马龙的繁城里的我，曾经多想去体会一番宁谧的乡村生活，多想坐在海边等日升日落。可有一天，我在放学的路上，偶然停驻在过街天桥上，放眼望去，无论汽笛声多么刺耳，似乎余晖里的城市略显沉静。归家时分，赶路人、驾车人心中是否都在期盼着家里那一缕炊烟？奔忙一天终于要抵达归宿了，而无论公交车多么拥挤，每个人心中是否都有一丝欢愉？那是因为终于走出了办公室、教室，总算有了放松、自由的一刻。高楼大厦在夕阳的映衬下，城市多了一番别样的"城味"。那天，我第一次捕捉到来自城市的诗意，它的美不亚于梦中乡间的小桥流水。当我走在傍晚的人潮中，思考着、品味着这些感受，我眼前的苟且中，也荡漾着诗情画意，我敞开的心灵也能吸吮到远方的诗意。也许诗和远方就在脚下、就在身边，或许就在眼前。

除了"城味"，生活的五味杂陈更是一首长诗。尘世之美因为它源于生活本身。酸甜苦辣、喜怒哀乐，这些都是人生必须面对无可逃避的，这些我们都在生活中遍尝、体验。也许我们会为繁重的课业或是为工作而烦恼，或许为了感情而伤心，可是细细品味烦恼和伤感，这确是属于生命的真情实感。我在尘世间哭泣，我在尘世间大笑，我要把尘世间的所有都体验够。那些我们每天重复做着的事看似单调，一分一秒、一步一步都是生活日常，我们都沉浸于其中，而并非外在的单一轮回。有些酒，只有细细品尝才能品出真实的醇香。点一支烟，望望窗外，念叨一句：生活本该如此，这就是生命的形态。不必总想追寻远方的世界，只要用心体会眼前的苟且，或许会发现平凡、平淡，静若止水也很美，苟且生活又何妨？无论此时开心难过，无论贫富贵贱，站在高处看，尘世生活原本就充满诗情。

在这喧嚣又现实的尘世，诗和远方来自你的内心，取决于你是否拥有一颗满载诗意的心灵。我曾以为，只有搭上客机去远方旅行，才能看到诗情画意的景象；只有登上山顶，才会诗兴大发。直到有一天，我和朋友在不大的校园里发现了一个小天台，我们坐在上面十几分钟。就在这个小角落里，我们为头顶飘过的云写了一首诗，随意拂过的清风为我们送来一番走在海边才能体会到的心境。这只不过是校园的一角啊，看似与自由、与诗意毫不沾边，我们却用诗情泛滥的心渲染了眼前的一切。用诗心看岁月，年轮里的四季也会为它涂上雪的安宁，春花的美艳。用诗心看生活，朝暮间的步伐也会走出一场日出、一抹夕阳、一空星辰。生活犹如诗的海洋，当诗意流淌在你的血液中，化作你的心魂，你便用诗的心灵面对眼前的琐碎不堪。当你用饱含诗意的双眸看眼前的苟且，你会被飞扬的落叶引向诗的世界，那时坐在近处的亭中你也能感受到来自远方的心旷神怡。

　　诗人都在自己眼前的生活中写诗，不是吗？以诗的角度看生活，眼前的苟且里，也有诗和远方。

2016 年 3 月 2 日

谁还记得诗歌？

　　假如在匆忙的日子里，但凡有片刻的安宁，我会为一首诗而流泪。"等你，在雨中，在造虹的雨中。蝉声沉落，蛙声升起……"记得那年刚上高中，我常在夜幕降临，寂静夹杂着倦意的时刻，读起余光中的这首《等你，在雨中》。那时我并未完全理解它的意思，它的韵律和意境却让思念感油然而生。十六七岁时春雨滴落在一尘不染的心田上，泥土的芳香来自不慌不忙的脚步间。那时，诗诠释了我所有的梦，覆盖了全部课余生活。那时岁月久驻在离云很近的天台上，云的醇香四溢，扑面而来。

　　直到现在，最幸福的时刻仍莫过于让匆忙的脚步停驻二十分钟。这二十分钟，人海与我无关，尘世与我无关，让心头的春天毫不掩饰地绽放，绽放在有溪水潺潺的心城。我在最喧嚣的时分写下："你可曾记得探寻远方的梦，从清晨走到夜色朦胧。被月光照亮的旅舍是归宿，那时你我只爱着一尘不染的天空。"我在最烦躁无望的一天里写下："我的住处在清风过往的云间，诗吟着每个睡意蒙眬的夜晚。夜风来自陌生的天边，童话里的星星就在窗前。"

浮华世界霓虹闪烁、人海茫茫，人们或刷着微博为某个话题争论，或举杯K歌开怀大笑，或在工作岗位上伤透了脑筋……可是谁还记得诗歌？有人说我的诗句和我本人在生活中的性格不符合，有人说我的诗句似乎游离在人烟之外。诚然，每当我写诗时，首先要转过身背对世界，收起面对世界的脸孔，闭上看世界的眼眸。诗与现实世界的反差或许正是被淡忘的悲情，我倒觉得这反差有一种凄婉而孤寂的美，孤寂却不失洒脱，不失炙热的情怀。或许正是这番唯美，诱惑我心向自己，诱惑我用心灵去抒写描绘现实中看不清的美景。

我只想从喧嚣中走出来，远离纷扰，找个人迹罕至的公园，读几首旧日的诗，静候着心灵为它流泪。为诗流泪，尘世间依然有纯美的深情。不只为诗流泪，也为一朵云，也为深秋凋零的落叶，"谁念西风独自凉，萧萧黄叶闭疏窗"。在这浮华尘世间，我也曾写下："年少，常驻在仙境里的云雾。偶尔看一眼生活，偏偏遇上久违的日出。"

当为学业、为生活而奔忙的脚步停歇驻足的片刻，那一刻"沉思往事立残阳"。当我满腹杂事烦恼的时刻，从心底深处想起诗歌，哪怕诗歌的情调与现实环境差距甚远，我也心无旁骛。当全世界都忘记了诗歌，我也能记起前辈诗人曾写下的诗句："我打江南走过，那等在季节里的容颜如莲花的开落……"那时诗歌与现今世界的违和感或许只剩下惋惜和伤感了吧！

　　一夜，从人海中走出，背对世界，与星辰傻傻地对话："闭上眼，梦占据了一天的一半。从落幕的夕阳到微明的天边。那里没有迷惘和喧嚣的人间。"我要拥有诗的世界，我不会忘记诗歌。

2016 年 3 月 15 日

与严肃较量

一阵发自内心的开怀大笑，象征着一刻的自由。一个幽默的段子，诠释了人类最真实的快乐情感。每一次低笑点的行为举止，都仿佛在与这个严肃的世界较量。又好像在乌云漫天时，拉下深蓝色窗帘，牢牢挡住外面的世界。在屋里，点上蜡烛照亮自己的空间，让自己快乐。

我是一个喜欢与严肃较量的人，天生擅长在一种紧张的气氛里，做出与严肃二字反差极大的事情。比如与正经人开个玩笑，在庄重的氛围里偷偷寻乐，我乐得享受这样的反差感。与严肃较量并非较劲儿，低笑点的人，往往对快乐更敏感，轻易能寻到人类神情中的"笑"。那是一种轻松自然和幸福的表情，是真情流露，不必思考，没有规则。当发觉某个事情好笑的瞬间，那一刻没有谁的是是非非，一切都简单了，直白淳朴了。面对正经和严肃，我多想哈哈一笑，潇洒打破世俗的规矩，更多是想让自己的心洒脱一回。

严肃二字看似个形容词，却解释了、包含了、导致了不少内容。比如人与人之间的攀比，为小事而恼火，抠着小细节计较琢磨别人的是非，甚至自卑、自负或悲观。凡此种种，多数因为活得太严肃、拘谨所致，所呈现出的表象或许过于严肃。其实"笑点低""不正经""傻呵呵"未尝不是一种自由轻松的生活态度。

电视上的小品、搞笑闹剧，有人说低俗，有人说无趣，我却认为那些不仅贴近生活，更提示我们要有一双善于发现、享受幽默的眼睛。小品揭示、发掘出人们生活的每一个细节中深藏的幽默，通过喜剧展现、放大。那些喜感场景，大多是在家里，在公交车上，在学校或工作岗位，大家每天都在这些地方过往，却抱怨着生活无聊。其实幽默欢乐是更高的一层境界，是对于人生的更加豁达豪放。板着脸去批判难道比幽默的人生态度高雅吗？未必吧。其实我向往的是一个喜剧世界，心灵的欢乐是自由，自由是诗，是歌，是舞，是一切美好事物的灵魂。

快乐豪放的源泉是最原始的自由奔放，就像斑马和羚羊在旷野上尽情狂奔。假如在心中留住世界最初的模样，便少了人为的烦恼与压力。或许我的心迫使我归于那个遍布欢声笑语的世界。如果我用一副笑脸回应你的正经，那是我无法自控的一种洒脱，就像雪花潇洒地落在属于它的冬天。如果我无视你带有批评的言辞，如果我避开一切带着正经的情感，并傻笑着，那一定傻么？我只是想在那一刻，用窗帘遮住密布的乌云，陶醉在我最爱的明媚阳光里。我不愿为自己定下规划和框架，也不接受世俗限定我的规则和戒律，我只在自然赐予我的生命里一路向前。我希望走到秋天才发现叶子会变红，也会凋谢。我希望走到夏天才亲眼看到花开得多么美艳。这样就会在有限的生命中活出一个又一个惊喜，这样才有沿途的诗意飘驻心头。用欢悦的生活态度与世俗中的严肃较量，人们口中、眼中的"傻""低趣味"，何尝不是一种试图用不羁的心灵来点亮生活的聪明智慧，何尝不是让自由把人生渲染得如诗如画的高境界。

落拓不羁的心，使我想起最陶醉的一句古词："人生如梦，一樽还酹江月。"严肃生出纠结，而与纠结相对的是坦荡释然。如梦，很多事很多念想其实都是空的，倒不如举杯对酒当歌，邀江上明月一醉更逍遥。很多烦扰、尴尬、令人沉闷的时刻，不如一笑把画风转变得欢悦更逍遥。

记得我十岁写的第一首稚嫩的打油诗："你问我为什么爱笑，其实我也不知道，或许我们总不能保持低调。笑，让我们变成天使，不笑，只是一张白纸。上学的我们手握着直尺，望着写满题的卷纸。是笑这个天使，让我们的快乐从未休止。"最初的梦，最初的心灵，游荡在现实为人处事中，游荡在不严肃的瞬间。

2016 年 3 月 19 日

四月无羁

　　四月，我站在年轮中央，面前有一条路，挂着初夏的骄阳，再往远处探望将是叶黄秋凉的童话。身后有一条路，雪地上的脚印深刻了过往的沧桑，二月的烟花还意犹未尽地在日记中绽放。古钟敲响在年头岁尾安然无恙，我真实走进这一年的日子里，往前看是夏，往后看是冬。终于可以深深拥抱春意盎然的平淡生活。

　　四月里的我，格外渴望自由。印象中，尤其是与青春冗杂在一起的四月，适合在宁静的午后偶然想起一首随云漂泊了许久的歌。适合与好友淘气地翻墙逃出校园，吸吮街道上的气息。我们就沿着没有任何美景修饰的普通小道走，一边担心着半路遇见老师，一边感叹着、欣喜着我们窃取到一刻的自由。每天盼望午休时间的到来，计划着今天去哪里偷偷寻觅自由，为发掘出新的天地写首小诗，编个故事。我们没有刻意去体会、凝视春天，当回味时，却闻到了春日特有的花香。一次次与春天道别又聚首，似乎这样的日子就是一生。还记得春游时，我们走上那条少有人迹的远郊山路，踏遍荒野，只为寻找一片有自由的远方，哪怕空山无人也无所畏惧。蓦然回首，或许那整整一年我都浸泡在自由里吧。那时我的心是沉静的，沉静在没有陈杂的青春年少，又恰好在风和日丽的春时节。

从那时起，对于四月的记忆便印上了自由的标签。四月旧事像过去的每一分每一秒一样，过去了的，我也深沉地爱着，留恋那个不舍忘怀的四月。这个春天，年轮给了我另一个四月，它的天际和温度是那样的似曾相识，却不能还原上个四月的任何一片花瓣。落花流水早就习以为常了，却还是在某个多愁善感的瞬间道出一句："一切会回去的，却是梦归。"如梦如诗的四月，就让它留在梦与诗里吧，光阴的步伐不仅不会停住，还未免太匆忙。除了自己的往事，我们还能带走什么呢？

我把四月当作自由的节日，为了缅怀那个始终记挂在心头的、不会落幕的幸福四月。我把百花丛中被春风吹落的每一片花瓣都当作那年凋零的落花珍藏。我把自己当成了作曲家，从此春湖荡漾出的每一曲旋律，我都取名叫作：四月里的自由。

四月，多像人生中的少年时期，不小也不老，离风霜还太早。从寒冬逃脱出来的阳光照在踏春的人们脸上，为每个人心间的故事增添一番青春似的暖意。我想乘上开往春天的列车，当午后倚靠窗边小憩，最好梦归我眷恋的每一天。总之，年轮中的每个四月，等我拾遍陈旧或崭新的自由真谛。

2016 年 4 月 1 日

去远方吧

　　等到某年某月某一日，就去远方吧，或许是未来的命运和故事，已经托风儿为你寄来了一封邀请函，上面散发着雪的寒香。你还是那个在公园里奔跑试图追逐彩虹的你，不知何时脱胎换骨，变成了满载过往的少年。往事说，你该长大了。长大了，就去远方吧。

　　你曾盼着，清晨一睁眼，看到的是另一个世界，另一番景象。那或许是一座人烟稀少却落叶飘飘的秋色古镇，或许是一条离海边很近的长街，或许是奇特的热带雨林，藏着古老神秘的传说。要想圆梦就去远方吧，哀愁和寂寞都在梦的行程里。为何不去看看你在诗里三番五次提及的远方呢？那朦胧的意象会变成眼前清晰的山水草木，远梦中雷雨交加的夜晚乃是人生的必经，在坑洼泥泞的土路上你踏出一个个别样的故事。所以，去远方吧，随着远梦去看悲喜的诗歌的源头，看生命的万水千山，你或许该启程了。

别再依恋家乡的气息，带上乡愁去远方吧，因为你长大了。漂泊之人心中的故乡是最美的。就把家乡当作朦胧的对岸吧，远远地眺望，静静地想。月黑风高或风平浪静时为故乡吟一首诗，然后将它珍藏在心田，再把它带回故乡，岁月的河流会滋润它芬芳常驻。别再依恋往事和故人，或许分分合合恰是天长地久。往事早已变为云烟小楼，矗立在属于它的位置，不会被时光的风雨摧毁。小楼里面存放着你曾经的故事，它不会随你永远向前，但它确是你人生和诗意永存的财富源泉。所以，去远方吧，远方能为你增添一份怀念的美。

京城的朝朝暮暮看过十几年了，等中学时代结束的钟声敲响，就该去远方了。远方离京城很远，离原本平淡如水的日子更遥迢。在静静流淌的年月中，你曾早已料到总有一天，你会背上行囊去一个全然陌生的地方。你说过你爱这样的未知感，远方不一定有你爱的山河大海，却一定是下一段梦幻的人生。乡愁的美，离开后才会散落到春夏秋冬。往事，只有陈旧了才能酿出酒香。

该落幕的落幕了，乘上你那班客机穿越云海，去远方吧。仲夏的微风会伴随离开的悲怆，让你拉着行李箱的背影不会显得太孤单。待你漂洋过海走出去，远方的梦就会渐行渐近。曾经的旧日子向你挥手微笑，它也记得你许下的誓言和停歇过的路边，这些年，你拾尽了成长的岁月。虽然找不到究竟谁在推着时光前行，但你确实已经长大了。你说你想做诗人，怎能少了漂泊与远方。

2016 年 4 月 5 日

寂 寞 精 灵

　　不知何时，寂寞变成为奢侈品。日子总是在车水马龙，人来人往中流淌着，过着过着心灵都被浑浑噩噩填满了。对于寂寞，或许每个人理解不同、褒贬不一。对于我，寂寞是不可或缺的精灵，游走在我的生命中，提示我在生活着。或者它是一扇隔音效果良好的屏蔽门，为我屏蔽世俗的喧嚣和纷扰。

　　大千世界里上演的一切，无论好坏，我相信每一秒钟都是精彩的。我想，首先不必向另一个人去倾诉，先找一处微风常驻的地方，趁着春意正好，把所有喜怒哀乐在心底沉淀一番。春风拂过你的脸颊，刹那的惬意注入你的心田，与你的思绪交融在一起，酿出一壶散发着生活醇香的美酒。或者过往的小雨勾起你久违的笑意，雨滴好似喷壶里洒下的水，心绪是种子，用水把心田浇灌一翻，便能得到一小片花海。虽然不及尘世的春天，但花海满心海，人间何处不飞花？所以，片刻的寂寞是美的源泉，也能令人满足。只要为自己的心留出空间，留些时间用于思忖，你会唤出空灵的、藏在经过处的美好。

我在心中有一道分界线，右边留给世界，被尘世间的山海泥土填满。分界线左边空旷如野，却是满满绿茵，那是自己与心灵对话的空间，留给寂寞精灵的处所。每天穿梭在人来人往间，与人交往是必不可少的。既然不可避免与他人面对、交流，那我只能在心中为自己留下一片不大的寂寞空地。这样我才能怀揣着一小片寂寞前行，走在夕阳西下时往心里塞几句诗。当外界的一切黯淡了，我便钻回我的寂寞小城，幻想千奇百态的云朵，做一场马上要从港口起航，去横海扬帆的远梦。心灵分界线左边的寂寞虽然空灵，却是用来抚慰心情的，细细品味它回味无穷。因此，寂寞并非单纯的孤独感，它与诗意的夜幕更般配，是看晚春落花流水的绿茵之地。

从前我惧怕、排斥寂寞，后来我刻意寻求寂寞，现在我把寂寞注入身心，让它随着我全身的血液流淌。人生不可能每一步都一帆风顺，寂寞成为庇护我心灵的盾牌。在无所依靠或与外界冲突时，我首先进入寂寞空间，靠它遮挡风霜雨雪；我在寂寞怀抱中取暖，屏蔽来自外部的伤害。只有寂寞精灵能给予我快乐、满足和安全感。我心中的寂寞精灵又是那么容易触摸到，我可以轻易进入它的领地，只要停驻在晌午的小木桥上，或者独自漫步在五月的绵绵细雨中。

寂寞也象征着那难得的自由吧？或许我想要的自由，就是可以随时随意享受寂寞，这样才能不受外界打搅。在寂寞中生活着，我的生物钟任由天际和星辰的数字倒转，我清晨可沉睡于飘荡在湖心的一叶小舟，夜晚我为了给每颗星星讲一个故事而迟迟入眠。在寂寞中变换着自我，我可以变成一个疯狂的诗人，把梦扔得好远，只为享受追逐的过程。我也可以变成自由的旅人，去我第一个心念想去的地方，而不必顾虑旁人的想法，让别人也无法打探到我的行踪。寂寞是那无人的街头，废旧的音响里放出一首老歌，我肆意流浪，忘记了回家和相约的时辰。

　　任世间喧嚣吧，不用别人给我寂寞，寂寞自在心中，它如精灵一样占据我一半的灵魂。不知何时，寂寞变为歌者难以唱出的沉醉……

2016 年 4 月 8 日

属　　于

　　我猜想，人潮中擦肩而过的每位过客都有着自己的故事、梦想与青春。那些看不见、摸不着的过往，悄悄流淌在血液里，构成了生命的灵魂。那几条缠绵的溪流，几片绚丽又静默的花海，与几阵四月独有的风全然构成了春天的画面。

　　与自己面对的命运结缘，我便属于自己脚下踏足过的世界。我走在十里长街来来往往，看落在路边的花和叶子就能分辨出此时的季节。每天回家我路过大院门口那座深棕色的小亭，小亭常年静默地注视着院子里的孩子们一批批来游戏、玩耍，过三五年后，孩子们好像又从这里永远离去。身边的景物都散发着独特的气息，浸染在我的衣襟，刻入我对于童年的记忆。我的眼眸里，后花园的小河在流淌，河边杨柳随风摇摆轻唱。我想我也有属于自己的童年与青春吧！我曾在每个周末与姥姥漫步在公园里久久不肯回家，那是童年最惬意的光景。我也曾去过异国异城的海，羡慕了许久海鸥的自由。我曾把过往的生命历程汇集成一本诗书，年少花季里满心朦胧孤寂。曾经在校园中我为了窃取一丝自由，与好友翻出学校围墙，去寻找五月小雨带来的迷醉。我自恋着那些讲不完的关于自己的故事，因为我属于"那些……"沉浸于自我的故事中，我就是小小的孤岛，故事就是那波涛汹涌的辽阔大海，孤岛被淹没在浪里，我享受那海潮的味道和心潮澎湃。

我也依恋着属于我的梦，比如做个永存诗心的诗人，在每一丝气息中汲取灵感。比如与好友登上一条通向云间的天梯，梦的虚幻中有着更多难以言说的奇妙。有那么一刹，我会觉得我只属于流云下的晌午，只属于那沿着山路一直走下去的自由。梦却属于远方，无论追不追寻，它都为我留下了隐约美好的念想，像雪花融化在掌心的瞬间。只要梦来过，我就属于它白驹过隙的瞬间。

我也属于我所怀念的过去。我爱听每一位老者讲述他们人生的经历，因为每个人都有自己的别样人生。我喜欢边看着满天的星星边听故事，一个人的故事是一空独特的星辰。夜色深浅不一，星星围成的形状和数量也不相同。你的故事适合躺在原野上，冗杂着困意讲。他的故事适合坐在少有人迹的村头，手持着一支烟斗慢慢地讲。假如有一天，我的岁月也走得远了，我也把我的故事讲给繁华的都市，讲给孩子们听。讲我站在某个天台上，在车水马龙与霓虹闪烁间，品味生活最初的味道。走回从前，相逢我的过往，相逢我曾遇见的人，相逢我的青春，那都是无怨无悔的缘分。

我曾经属于哪座城市？你曾经属于何方？我们各自的灵魂里隐隐诉说着怎样的故事？这些都是上天赐予我们各自生命中的财富，成为自己专属的标志。我珍惜自己的年代，自己的故乡，自己的爱与恨，也珍惜我所拥有的每段年华的样子，还有我所经历的或好或坏的命运。因为，我属于自我的一切，那一切在星空下都会变得清晰。

2016 年 4 月 17 日

成　长

　　这里的四季一如往昔，这里是从前向往着的未来。来到这里，一路遗失了太多孩童时的梦。仿佛是从遥远的昨天跨越而来，细想其实经历了数不清的雨雪，道不尽的故事。

　　小时候我总幻想十年后的自己，像期盼今夜的满天繁星一样，但是任凭幻想再丰富，投入的期待再多，却终究无法预测我今天的样子。我不曾想到，这里的岁月人声鼎沸，喧嚣热闹的日子，不像童年那样无忧无虑。我也不曾想到，这里的岁月，朝暮间被诗意占满了心田。我更不曾想到，这里能看见一路的葱绿和所有故事的开头与结尾。坐在这里的夜晚写文章，我只想感念：这里的岁月原来如此？不必评说好与坏，回想从前，这里的一切都是值得惊诧的。一天一天地走过漫长的时光，才抵达今日的天空下。我想无论命运是否由天定，未来如何？答案终究需要自己亲历岁月，走到未来才能寻到。

我的脑海里时常浮现出一个画面，假如小时候的我与现在的我面对面，我是否该对着从前的自己微笑？或许，我只会对小时候的自己淡然地说一句："嗯，这里就是这样。"我猜想小时候的自己也不会失望吧，毕竟这里有太多意想不到的泪与笑。站在这里的岁月，其实我还是我，只是岁月的日历变了。蓦然回首时，总会有一丝困惑和惊讶。曾经顽皮地把枯黄的落叶踩成碎片的孩子，正是今天骑着单车哼着流行歌曲的十八岁少年。画风转变得不可思议，却又理所当然。成长快得仿佛一瞬间，却实实在在度过了那么多年。

　　对比小时候和现在的相片，我总是好奇，究竟是如何抵达这里的岁月的？却总是想不起一路上都经历了什么，只是过着一个又一个季节。在生活的忙碌中，我们遗忘了流逝在分秒间的时光，也不曾留意变化中的自己，就这样一下子飞跃到另一段年华。其实并没有错过什么吧，毕竟我们一路不停地走着、经历着。但在与他人的对话中，我们却能谈起自己的许多过往了。过往似乎是美妙的，让人情不自禁地仰望天空叹息。你口中每一个难以忘怀的故事，甚至只是一件小趣事，都属于过往。等积攒满了一筐的过往，你就该进入下一段、进入另一番年华的时候了。岁月与岁月之间，就像有一只前行的小船，悠悠地飘着，仿佛永远看不到下一站的风景，但小船确实在向前行驶，它经过了那么多春秋冬夏，轮回在无尽的夜晚和清晨。

　　现在我抵达了小时候眼中的远方。抵达的路途并非那么艰辛，因为它叫岁月，有生命就有它。抵达的过程也并非那么轰烈，因为它叫岁月，永远走得无声无息。这里的风景没有想象中那般梦幻，也并非人世间最美，却是我走过漫漫长路而抵达的自我境地。抵达今日，有时觉得这里的岁月像上天早已预备好的神秘礼物，因为相对于从前，一切变迁得实在太多。

无论何时，未来永远是个谜，总让人忍不住茫茫憧憬着。我也憧憬未来的世界，未来的岁月。等我踏过千山万水走到那一程，真正身在其中时，我想我还会感慨："你好，这里的岁月！"今后一定还有太多的未知等待着我去抵达，抵达人生更多的精彩和美妙。

2016 年 4 月 19 日

常　规

　　一条向东流的河，每片落在河水上的叶子都理所当然地随波向东流。自然而然，水流的方向就是常规。我们从出生起，无论是初始的追求，对事情的观点，还是审美的标准，都沿着常规的方向漂流、成长。扪心自问，这方向究竟是源于我们自己的选择，我们灵魂的渴求，还是在世俗中，我们日益被套上常规的枷锁？

　　生活中有数不清的常规，可是，如果追根溯源问这些常规到底是谁规定的？谁是主导者？却很难得出答案。而在人们的对话交谈中，有人总是不经意冒出类似"不都这样吗"的回答。"都"这个字便告诉了我们，定义常规的，是从古至今形成的思维惯性，也可以说是世俗。所以我们从小学开始就被教育要向某某人学习，要一律手背后坐好，到长大后要出人头地、赚大钱、成名家等等。我们的一生被世俗规定好了方向，不幸的是我们在拘束中却习惯地认为这一切都是正常、应该的，"不都是这样吗？"生活中对于小事细节的论断和做法也被世俗扣上了思维定式，甚至于很多人不尊重他人的"异想天开"，只要不符合世俗的常规就加以冷嘲热讽，殊不知自己早已陷入世俗的沼泽里而无法自拔。

可是我们来到世上，一生就甘心踏实地顺应常规吗？假如常规的方向会通向僵化的思想和被囚禁的灵魂，而另一条路却通向自由澎湃的大海，或令你心旷神怡的山顶，那么转向另一条路的阻力正是世俗，那个傲慢地一语断言善恶美丑的常规，那个可以直接否定你的选择和梦想的理由。这理由看似充分、权威、不可辩驳，而且占据了道德制高点，因为你早已潜移默化地认同常规了，或许你被它绑架了。常规是个隐形的枷锁，倘若你还有正常运作的大脑和自由之身，为何要被它捆绑而顺从呢？

多少人抱怨自己不幸，只因看到别人拥有了自己所没有的。多少人变换最初的理想与追求，只为得到世俗赐予的光环与肯定。喜怒哀乐只因为世俗的价值观，向着常规的方向从众而行，忘记自己最真实、最原始的初衷。可是在人的群体中，怎样体现你是你自己呢？如果喜怒哀乐都沦陷在世俗的深渊中，沦落为常规的俘虏，不会觉醒的奴隶，你还能感知自己个体生命的存在么？

我宁愿在孤寂中自由地去寻找每座城的星空。我想在雨天里抛弃雨伞，为了感受雨滴的温度。我想尝一口洁白的雪，细细咀嚼着它，就能体会深入它的灵魂。就算地铁、公交车站都在眼前，我也想步行抵达目的地，因为我爱天空和城市的气息，我要沿途吸吮那气息并享受一路风景。如果我不顾一切地滋润、守护和满足我灵魂的渴求，常规便消失得彻头彻尾、无影无踪。只有因灵魂的驱使而追求独特才能感受到自我的存在。

河水的流淌被自然或人工分成许多支流，有些甚至改变了方向。如果把人生选择比作飘落在河中的落叶，那些漂流在主河道上拥挤的落叶们毫无察觉，不知道是麻木还是被世俗俘虏了？如果我是其中一片叶子，我不愿随波逐流，我会奋力靠近一只我认为可爱的小舟，在诗意的岸边稍许停留，继续去追逐天空的云朵，直到它消失在黑暗中。在充满喧嚣的尘世，我将毅然选择，不让常规束缚自己的灵魂。

2016 年 4 月 30 日

孤独家园

　　独处是人的一种自我的精神需要。在多数人看来，独处就意味着孤独，随之而来的是寂寞、空虚，甚至是抑郁和惶恐。孤独在很多人的意识里，是可悲、可怜、值得同情和怜悯的。然而在每个人成长的过程中，孤独是不可缺少的一种重要的体验，只有经历、感知孤独，人的心智才会成长；只有不惧怕孤独、能够承受孤独，我们才会变得更加强大。孤独可怕吗？仁者见仁智者见智吧，我宁愿做那不一样的烟火，我在内心建起一座孤独家园，聊以自慰。在这座看不见的、隐形的孤独家园里，装满了属于我自己的故事、思绪与幻梦。它是我心灵的所属地，也是我灵魂的保护壳，我把渺小的向往和挚爱的世间万物揽入心怀。当外界的风雨来临，我转身推开孤独家园的门，那里鲜花常在、草木长青，随时迎接我归来。

　　孤独家园隐形在灵魂之中，心灵经过孤独的沐浴洗礼愈见清晰。孤独家园的门，可在双眸停滞在一片云朵的时刻打开，心灵在孤独的触动下可幻化成草木，幻化成彩虹和灯塔，总归幻化成令我体会到世界之美好的景物。孤独家园是沉默的，可在我为喧嚣的城市用诗语描绘出宁谧的时刻打开。孤独如歌一样容纳着万般情感，有时它在我心头响起箫声，有时回荡起遥远的海浪声，我能看到、听到，并试图触碰到它。孤独并非来自某些特定的地方，它似乎散落在各个角落，孤独家园无所不在，源头却在我的心。孤独随朝暮变幻着，随心情变幻着，随梦想变幻着，它是与生命依偎在一起、与生命融为一体的伴侣，孤独陪伴我慢慢看懂整个世界。

三毛说："有谁，在这个世界，不是孤独地生，不是孤独地死？"既然人生而孤独，为何不能享受它并从中获益呢？爱、憎、善、恶等等人的情感和本源问题无不与孤独相关。孤独是远离人群、远离世界的，由人性自身所赋予的特质，它既源于每个人内心深处，也是环境所造就的。"孤独一点，在你缺少一切的时节，你就会发现，原来还有个你自己。"自省我的生活与理想，皆是从孤独得来的，独处似乎培育、滋养了我的孤独心境，乃至放大了我的情感与人格。

我的孤独家园是那样宁静祥和，与外界喧嚣隔绝得没有一丝间隙。海啸、狂风、地震可以毁坏我藏身处的房屋，但我的孤独家园却是世间任何强大力量所不可摧毁的，它坚硬的外壳帮我抵挡寂寞、恐惧、失望、悲伤、憎恨、嘲讽，这些足以令精神崩溃的杀器。我在云下的幻想和诗句，能够屏蔽和阻挡这些负面情绪，而不让它们闯进来侵犯和伤害我。有了这样坚实可靠的孤独家园，我便有了强大的内心，便能够自由地走在人生路上。如果你看到我流泪，那只是我外表的脆弱，我的孤独家园从未被摧毁。

我在岁月里一路向前，每一分过往都填充进我的孤独家园。走一步，拾起一片沿途的落叶，把它贴在孤独家园的围墙上。我也邀请我挂念的人和往昔时光来我的孤独家园作客，想念他们了，就坐在雨过天晴后的长椅上，为他们写一首诗。看着过往的云烟、漂浮的柳絮，感觉世间和生活都是美好的。孤独家园里，遥不可及的梦仿佛近在眼前，短暂美妙的岁月仿佛成为永恒。图景来回切换，从山海到孤亭。光阴也来回切换，捉住一只风筝就能带我飞回童年。有夕阳晚霞也有对未来的无限畅想，通往孤独家园的小径总是有些惆怅。坐在日落时分的屋檐下，站在车水马龙的街头，翻开一本落灰的相册……

或许回到孤独家园的次数越多，越感到寂寥吧？可是只有回到那里我才能得到无尽的自由。渐渐的，孤独长出了自由的翅膀，飞往心灵的城堡。孤独家园也不再是虚幻的，它成为人生的必需。我的思绪在那里飞扬，我的情感也在那里绽放。那里没有流光溢彩，也没有金碧辉煌，只感到我思故我在。我在孤独家园内外来回穿梭，留一方给寂寞，留一方给诗心。

2016 年 5 月 10 日

后记：各自的年代

木心先生在诗歌《从前慢》里写道："从前的日色变得慢/车，马，邮件都慢/一生只够爱一个人"……

从前的年代，是一部部黑白电影，是女孩子们简单朴素的妆容，是粗糙的手一笔一画写下细腻的信件，是载着情人的自行车压过叶堆烙下时光锋利的痕迹。那时候没有"低头族"刷着朋友圈，没有电子产品用来虚度光阴，那时候人们习惯用诗句纪念深情，用泛黄的日记本记录生活。在那样的年代里，十八岁、二十岁的光阴是怎样的呢？

如今的年代，是地铁口的人海嘈杂，是北上广深的快节奏生活，年轻人在各种社交软件上聚在一起愤慨或诙谐地谈天说地，人们在高档购物中心的广场逛街、媲美，我们吐槽着房价高涨，也沉溺于物质的消费当中。学生党嘴边挂着"吃土"二字，上班族抱怨着工资月光，朋友圈里的我们却仿佛一直在吃喝玩乐。我们成长于不同的环境，来自境况不一的家庭，各有各的压力和苦衷，却在三里屯最繁华的网红饮品店门前擦肩而过。我们是一代纠结的年轻人，我们也是一代充实又虚无的年轻人，在这样的年代里，我们过着二十多岁的生活。

通讯飞速发展，物质也越来越丰富。网络上，我们互相了解着同龄人的生活，得知了当下流行的各式各样的品牌和游山玩水的好地方。于是，我们要用原本不多的工资去追求精致高贵的年轻生活，要喝到微博上推荐的热门奶茶，要关注当下最红的明星，我们要抢购限量版球鞋，要时刻留意着时尚衣物和化妆品，我们还要去大半个朋友圈都去过的地方旅游，总之我们要标配、要炫酷。这样想来，父母那一代存钱买房，为我们提供吃穿不愁的优渥生活，花大把钱为我们提供优质教育是多么的不可思议。祖父母的生活更是从前那个时代的缩影，那时没有更多外界的诱惑，生活就是原本单纯的样子，不必用金钱包装修饰，钱用来填补生活的困顿，而不是为了装饰生活的外表。

或许思想上的自由倔强，物质上的丰富奢靡，爱情观上的肆意奔放，压力与幸福并存，就是我们这一代，被时间和年轻人雕刻出来的特定模样。每一次穿梭在繁华闹市中央，与霓虹普照的大广告牌下汹涌的人潮擦肩而过时，都能感知到自己年轻的生命与这个年轻时代的缘分是那么令人激动。虽说时代是你们的，也是他们的，但终究是我们的。虽说时代与时代的争锋，新时代永远是赢家，但回望从前的年代，听听那些久远又纯朴自然的故事，偶尔也会有一丝怅然失落。一代又一代，亦在迅速前行，亦在慢慢失去。所以我爱自己的年代，也恨着自己的年代。

我们可以在相同的时代下与同代人享受、感知那共鸣的美好与乐趣，但切记不要看着大时代潮流的脸色，让自己的灵魂盲从。我们各自要做时代的一个独立精致的分支，找准自己的方向奋力生长，哪怕大致都是朝着太阳。我的时代是走在小城四季里那些数不清的朝暮，是离家的流浪。友人的时代是奔驰在北京与江南之间、往返于昼夜的动车。你的时代是在迷惘中坚持挑灯夜读，他的时代是抱怨着生活的苟且，却又偶然被车窗前的一抹斜阳唤醒了诗和远方。我在你的时代里看到了自己的影子，你在我踌躇的目光中发掘到了共鸣。

英国作家狄更斯曾经论说他的时代："这是最好的时代，这是最坏的时代"，我希望当今时代是诗歌的、唯美的时代。或许未来将会有一部电影，带着回首与敬意讲讲"我们的年代"，那时我会翻开自己的日记，再讲讲"我的年代"。

2018 年 9 月 8 日

附

录

诗歌意义丛生的形状

——《读书记》

安 琪

　　孤独的亚人类，孤独—亚—人类，少女曲歌是如何想到把这三个词组合在一起？在她十七岁的青春的心灵里，究竟充溢着什么样的忧思和绝望？它们来自哪里？它们将带她走向什么样的远方？面对这样一个令人着迷而沉郁的词语组合，我忍不住构想着它的发明者曲歌的日常种种。她说："我孤独，因为我是亚人类"，何为"亚人类"？她又说，"80后、90后，我们没有兄弟姐妹"，至此我们明白了，少女曲歌摒弃了80年代开始实施计划生育政策后涌出的一个词"独生子女"（这个词已通用了近四十年），而代之以自己命名的"亚人类"，何其富于想象力的命名！这批没有兄弟姐妹的独生子女们，自此拥有了属于自己的独特词汇：亚人类。

　　如同亚健康的非病非健康状态之微妙，亚人类让我们想到的是这一群体的共同症状：悲欢均无人可诉。父母们固然能提供他

253

们物质成长的保证，但因着代沟的存在，他们很少把父母当成精神交往的对象，他们只好自己玩，自己说话。亚人类的某些病症也早已为社会所证实：自私、自闭、自大，而成年之后将面对老迈的祖辈、父辈的无力与无助，则是这一代人逃避不了的残酷现实和挥之不去的焦虑。十七岁的曲歌还不能完全明白亚人类必将遭遇的未来困惑，但她凭借着一个诗人的先天敏感，感知到了独生子女们的悲哀，她创设了这样一个词以表达自己的感知。曲歌不愧为一个诗人，具备诗人与生俱来的天性禀赋和感悟。而"诗人是未经公认的立法者"（雪莱），他们指认万物、为万物立法，命名即是立法的方式之一。

行文至此，我已把曲歌的身份透露了出来，她是一个诗人，一个十一岁即开始写诗的诗人，二十岁即出版了两本诗集的诗人，生于一九九八年的诗人。《孤独的亚人类》是她出版的第一本诗集的书名，该诗集出版于二〇一五年，其时曲歌只有十七岁，北京西城外国语学校的高中女生。从本书的序言中获悉，曲歌写作的触发点来自于一条有趣的打油诗短信，正是这条短信点燃了曲歌生命中潜藏的诗歌火苗，那年她十一岁。她被这条短信逗笑了，想到了诗之妙处：原来，自己所遇到的喜怒哀乐都可以通过诗来表达、传递。她和诗就此牵手，在寂寞的夜里，在流浪的人群里，在公交车上，她被脑海中徘徊的诗句缠绕，忘掉了这世界的孤独。

自始打油诗而触发对诗的认知，在遇到现代诗《在山的那边》之后有了转向的契机。《在山的那边》系诗人王家新的名作，收入各种版本的中学教材。我猜想曲歌就是在教材中遇见王家新此作。这是一个美好的遇见，也是一个很重要的遇见，它让曲歌的写作走出了打油诗的闹腾和自娱自乐，一脚跨进了现代诗的门槛，这才是一个诗人真正的觉悟。没有一个诗人是以打油诗立足的，真正的诗人一定是对世界有新的发现，对陈旧的语言有不满足，对脑中奔涌的思绪有准确的把握力。一直到小学五年级还在写打油诗的曲歌，因为一首《在山的那边》，翻开了诗歌创作的新天地。她对"亚人类"的命名，自然是在觉悟之后。

曲歌的第二本诗集亦是如此。

现在我要说说她的第二本诗集，《迷思雨》。依旧是少女曲歌自己生造的词组，"迷思雨"。"迷思"确有其词，百度得知，该词起源于希腊语单词μθο（mythos），是英语单词Myth的音译，又意译为神话、幻想、故事、虚构的人或事，指通过口口相传流传于世的十分古老的传说和故事，泛指人类无法以科学方法验证的领域或现象，强调其非科学、属幻想的，无法结合现实的主观价值。当迷思和雨结合，我想到的是幻想的铺天盖地、主观的每时每刻。这仿佛一个少女面对世界的态度，她不想被科学方法牵着鼻子走，她只按照自己的意志、自己看待每一物的方式，去写，去说出。于是我们读到了这一本带有作者极强身份感的诗集，《迷思雨》。我所说的身份感即是，阅读曲歌的诗作，她的形象会在你的阅读中鲜明起来、立体起来。你会说，这就是曲歌的诗，而不是他人的诗。

高中毕业后，曲歌考取美国的大学就读本科，那年她十八岁。了解了这样一个背景再来读曲歌的诗《等我归乡的那天》，我们便能读出如下诗句的感人至深："那年她饮尽了杯中酒后/向往着把烟斗夹在指尖/像流浪者那样/在残阳驻留的时辰/把通往深巷的小径走遍"；于是，我们便能理解诗人的怅然与孤寂："当我离别得悄无声息/一回头，那里飞鸟正舞着双翼"（《我有一串足迹》）；之后，我们便能看见曲歌的远方情结："我热爱陌生，就像热爱我的往事一样。"（《远方的诗人》）……

曲歌的诗集，思绪绽放于少年花季，笔尖落在青春的时光里，诗意是真实心情的流淌和宣泄。曲歌在《迷思雨》的序中如此写道："我为了求学远渡重洋，我带不走亲朋好友，带不走故乡的一块土壤，唯能带走的是已经飘到云间替我去远方探路的诗意"，这诗意从十一岁开始种在她的心里便不曾离去。

曲歌的诗歌作品向读者展示出一代独生子女在丰富思忖的年纪之所思所想，内容和文风都蕴含着懵懂少女对未来的梦想和期盼。如今，少女已欣然长成枝繁叶茂的青春之树，伴随她自由远行的诗意之树，丰富着她的生命形态。因为拥有这一株诗意之树，曲歌的孤独，有了诗歌的形状、诗歌意义丛生的形状。

祝福曲歌！

2018 年 8 月 1 日

（安琪，著名诗人，批评家）

与诗同行的豆蔻年华

李 成

在人的一生当中，十六七岁恐怕是最富于幻想、最天真烂漫的阶段。那正如一棵树的伸展枝丫，开始簇生嫩叶，吐发清芬，又如一朵花的含苞待放或刚刚开坼初放，因包含无限的希望而令人欣喜。可是环顾四周，我们身边的中学生和少年们，却一个个都背着沉甸甸的书包，走在学校与家的两点一线上，而课余也都埋首于重重叠叠的书山题海，似乎连轻松的笑容都难得绽放一次，连我们这些大人也不禁为他们感到沉重，哪里还指望见到他们崭露自由活泼的天性、展现清新颖发的才情呢？但是也有例外，北京的一名女高中生曲歌就是，她从十岁多一点就喜欢写诗，而且一写就不可收，陆陆续续写了数百首，现在她已将这些诗作选出一部分结集出版，取名《孤独的亚人类》，从而在自己的人生道路，同时也是诗歌创作的道路上，立起了一块坚实的里程碑，这真是一件很有意义而可喜可贺的事。

我一连两个晚上翻阅了这部诗集，说老实话，由于年龄与自己成长经历的关系，曲歌的一些诗已经让我感到有些遥远。但是，我还是感到很惊讶，一个刚刚年届十六岁的中学生就能拿出这么一部厚厚的诗集，打开它，一个少年人的那种对自己身经目睹的一切都能投注诗意的目光，我试图理解它、思考它。那种对刚刚过去的童年的留恋和对未来的期待与设想，那种刚刚发生的各种朦胧的、说不清道不明的情感，我是明显地感受到了。让我觉得她的诗歌既如刚从山岩间涌现出来的泉水，又如林圃中第一次开花的花树，萦绕着一片灵动的音韵，同时又弥漫着一片氤氲的花气。难能可贵的是，她这片泉水是很丰沛的，大有不择地而出而成汩汩滔滔之势，她这丛花树也让人产生将繁花万朵、灿若云霞的期望。

　　如果我们再进一步细读曲歌的诗作，会发现她已具有相当的表现力了。这种表现力就体现在她已善于展示自己的情怀即自己的心灵世界。她是从自己的"主观世界"这个角度来切入题材，整本诗集都渗透或流淌着她的情绪，我认为这是一个大诗人入门的正轨。虽然王国维认为诗人有"主观""客观"之分，其实真正的大诗人都是"主观"的，都是"以我观物，万物皆着我之色彩"。作为一个十六岁的女中学生，曲歌的主观世界是什么？我想，最多的可能是向往，是渴望能理解——理解世界上的事物，也渴望自己得到理解。而当这些理解不可能一下子实现时，她便产生了疑惑、迷思乃至孤独感，而这些都正是可以"理解"的，问题是，她不仅感受到了这些，而且还相当深刻地表现了这些。

曲歌有一首《天蓝的地方》就比较典型地体现了她的这些情绪："突然想去那天蓝的地方,因为那里有湖水和雨后的芬芳,不要思考幽暗深处的迷茫,也不必踏进人群的熙攘。我有一丝淡淡的诗意,藏在心房。"这段开头写得优美而丰富、有力,写出了向往,也写出了"到达"后的"怯懦",最后又回到自身,从诗中找到自信,这不正是她当前真实的心态是什么?短短几句,意味很深。再看她把这种情怀寄托于一辆《夜车》:"我想搭上一辆通向远方的车程,去寻找遥远的孤星。它在陌生的地方闪烁,在我曾去过的地方泛着光明……"诗人既向往"陌生的地方",又希望从中找到熟悉的东西,这也是非常符合少年人的心理的,曲歌用近乎完美的意象表现出这一点,就是成功。还有《三只风筝》也很动人:"我似梦,是清晨里的风筝,早早地奔向幽清的长空。让我随风,让我随风,去看一看今早的梦城,我望不到雷雨的面容,去年的冰雪已消融。让我随风,让我随风,没有目的地的漂泊,没有方向阻挡着旅途。"既有茫然,又有自信;既有回忆,也有揣测;同时还能虚实结合,展现了相当好的写作基本功;"让我随风"的不断重复,一咏三叹,也显示诗艺开始娴熟。而所向往的并不容易实现,由此更加激发诗人的想象,《窗边》中:"我羡慕着每一位流连在长街上的人,可以从晌午的晴空待到黄昏。你说每一位不由自主漂泊着的人,都沐浴了太阳的灵魂,云的白纯,与风的清芬。"这不仅是一个少年人所受到的束缚,也是每一个人都可能感受到的束缚,而我们还能想象那个"漂泊着的人"身上有"太阳的灵魂""云的白纯"与

"风的清芬"吗？我们读后在感到既心酸又欣喜之余，不是该作更深的思考么？

正是因为有许多向往，有向往而不得的迷茫，我们的小诗人开始思索作为生命存在的自我，有了强烈的自我意识，这是较以上所述各种情绪更高一层的思想结晶，由此可通向哲学的境界——而这是一个大诗人所必到的，因此，我们欣喜地看到这本处女作诗集里有了一首《我在》："我在，我在清晨中缓缓地醒，用模糊的双眼望天的微明。我在午后的音乐茶香中清静，去小桥湖畔间驻停。／我在，我在傍晚的残阳下，孤亭里怅然。我在深夜用疲倦的眼睛，数着繁星。／我在，我在老地方低吟，吟着往事和旧诗。我在陌生的路上迷途，却踏着淡然的脚步，寻着公交站和绿荫……"写到了自己各种的生活状态，这都是生命存在的形态，生命的确证，但我们的小诗人难得地有了超越，有了"形而上"的思考，她在诗中说："我在，我在生命的路上独行，我在一切有我的地方，把梦听。"使人感觉到她自我意识的强烈，之所以能如此，正是来源于她对生命的审视与思考，这正印证了哲人的名言："我思故我所在。"

当然，确证自我（生命）存在的最现实途径是检视和回顾自己的人生所走过的路，这在这本诗集也是俯拾即是，这也是最能唤起不同层次的读者共鸣的部分。写于2011年的《长大》："翻开相册的一页，一个年幼的女孩映入眼界。她梳着两个小辫，还穿着一双卡通猫的布鞋，那个年幼的她，是多么盼望长大。可如今那个她，已经进入十四岁的青春年华。十四岁，对于曾经幼小的她，是多么遥远的年龄，可望而不可即，可今天睁开眼，发现自己早已长大……"笔触在既往与当下来回跳跃，穿梭，生动活泼自如。《十三岁的花季》也很感人："十三岁的花季，让我燃起一片对童年的回忆。一岁时的站立，五岁时的淘气，七岁时老师的鼓励，九岁时的努力，十二岁时的秘密。那些挥之不去的记忆，却让我对成长有一种朦胧的勇气！"几个年龄的排列，很容易使人想起李商隐的那首《无题》："八岁偷照镜，长眉已能画；十岁去踏青，芙蓉作裙衩……"而《十三岁的花季》这样一首佳作却出自一个十三岁的少年之手，多么值得赞叹。

《孤独的亚人类》呈现出来的生活与情感是多方面的，以上所述只是主要的特点。其他如《海的那边》，作者表达在海外对祖国的怀念也颇能扣人心弦："从铺满黄色细沙的海滩走来，我望见深蓝色的远方。静静地凝望，那是波澜壮阔的海洋！海的那边是什么？还是那无边无际的汪洋……在海的那边，有我在那里度过三年春秋的教室操场，有我日日依恋的故乡小路。在海的那边，更有一轮照亮了故乡无数个夜晚的月亮，到底是海的哪边，传来了故乡与海的合唱！"游子的情怀是那么无边无际，但我们读来是分明感觉到了这种深切的思乡之情，真可谓"思乡令人老"，一个小小少年一旦有了乡思，出自笔下的语言也就摆脱了稚气，这样的诗即便置于一个成年人的诗集也可称得上是好诗。这也使我感觉到，虽说诗人都是"主观"的，但他（她）在诗中并不能都直抒胸臆，他还是要有"寄托"——把无形的主观情感寄托于有形的、客观的事象或物象上，并要表达得准确、生动、新颖、巧妙，这或许是任何一位诗人都需要穷尽一生去探索的胜境，我们的小诗人曲歌当也不例外。

一个十多岁的孩子，因为偶然的机缘对诗歌发生了兴趣，从此一直抒写不辍，视诗为人生的重要伴侣，这是极其有幸的一件事。曲歌也意识到这种幸运，因而紧握不放，并将这种"得天独厚"的天赋开掘，不断发扬开来，是值得赞许的。虽然她目前的诗歌还不免有稚嫩的地方，但假以时日，随着阅历和知识的增长，诗境当日益深广，前景自是远大。无论如何，在这样一个十六七岁的豆蔻年华，有诗做伴同行，是人生最幸福的一件事，我们祝贺她，祝福她，并借她自己的诗句鼓励她：

"愿你逢着一个灿烂的人生，

踏上一条弥漫着诗意的旅程。"

2015 年 10 月 20 日

（李成，著名诗人、新华出版社高级编辑）